霧雨ホテルでおもてなし
〜謎の支配人に嫁ぐことになりました。〜

木内 陽

富士見Ｌ文庫

kirisame hotel de omotenashi

contents

序章

「ようこそお越しくださいました、お客様」

正面玄関口から、ベルボーイに連れられるまま、今日も『霧雨《きりさめ》ホテル』にお客様がやってきた。

すらりとした長身によく似合う仕立てのいいトレンチコートに、目深に被《かぶ》った黒い帽子。その鍔《つば》を手で撫《な》でつけるようにして来館してきたのは、見た目から三十代後半といったところの男性であった。

彼はゆったりとした足取りで館内を見回すと、小さく「ふうん……」と感心したような声を漏らす。

私は正面玄関で立ち止まったお客様へ、足音を立てないよう注意しながら近づいていき、

「お荷物をお持ちします」

そう言って、彼の手から大きめの鞄《かばん》を受け取った。

「チェックインはフロントで承ります」

「……ああ」

お客様は返答もそこそこに、私が案内するままフロントに足を向ける。

「仲間内では、随分小汚いホテルと聞いてたが、意外と綺麗《きれい》じゃないか」

「これもひとえに宿泊してくださるお客様のおかげでございます」

私が微笑みかけると、彼は気を良くしたように口元を緩めて笑った。

「電話で言ったはずだが、風呂《ふろ》はもちろん熱湯だろうな？」

「もちろんでございます。お部屋にバスルームがございますので、そちらをご利用くださいませ」

「ふうん。ところで今日の夕飯はどうなってるんだ？　予約したときに頼んだはずだが、用意してくれたのか？」

「はい。承りました通り、『眼球』フルコースを御用意しております。もうお夕食にされますか？」

「ああ。……だが今日はもう疲れた。部屋食にしてもらえるか」

「かしこまりました。では後ほどお料理をお持ちする前に、お部屋へ内線のお電話をさせて頂きます」

私がそう言うと、お客様は満足してくれたのか血色の悪い唇の端をさらに吊り上げた。

だが、彼のぎょろりとした大きな目が、まるで獲物を見つけた蛇のようにぎらついている。

様子が妙だな？　と内心で思ったのも束の間、いきなり私の顔を覗《のぞ》き込むように、ずいっと体を近づけてきた。

「お前、よく見ると人間だな？　なぜ人間がこんなところで働いているんだ」

「……え、それは、その」

「もしや、お前は今日の飯か？　たしかに、俺好みのいい目玉をしている……」

直後、彼はゾッとするほど冷たい手で私の顎《あご》を無遠慮に摑《つか》んだ。

息を吞《の》んで身を硬くしていると、その顔に無数の目玉が浮き出て、まるで眠りから醒《さ》めたように次々と見開いていった。そうして、やや濁った無数の目が一斉に私へ焦点を合わせたところで、思わず悲鳴が漏れそうになる。

「お、お客様。私は餌《じき》ではございません」

寸前のところで声を堪《こら》え、なるべく表情を崩さないよう注意しながら、お客様の身体をやんわりと押し戻した。

「そう言わず、片目だけでも味見させてくれないか」

だが彼は聞く耳を持たず、ぺろりと舌なめずりをすると、脂ぎった手のひらを私の顔へ近づけた。

「本当に困りますのでっ！」

私が声を荒らげるのと同時に、背後からカツン、と床を叩《たた》く靴音が響いた。そして、

「百目《ひゃくめ》。私のものに触れられては困る」

まるで挑みかかるような、怒気を孕《はら》んだ低い声がして、お客様の動きを静止させた。

振り返ると、そこには目元を銀の仮面で覆った男……このホテルの支配人である烏丸《からすま》八尋《ひろ》が、苛立《いらだ》たしげに腕を組んで立っていた。

「それ以上、私の芽衣《めい》に触れたら、客だろうと容赦しないぞ」

庇《かば》ってくれたのは有難いが、お客様になんて口の利き方をするのだろうと冷や汗が湧いた。

「なんだ、ちょっとからかっただけだろう」

だが全顔に無数の目を持つ妖《あやかし》、百目は八尋の言葉にあっさりと身を引く。特に接客態度に気分を害した様子もなく、私から離れてフロントに向かう彼の背中を見て、思わずほうっと胸をなでおろした。

……そう。ここは普通のホテルではない。人ならざる者たちが宿泊するホテルなのだ。

「八尋さん。助けてくれたのは嬉《うれ》しいんですけど、あの言い方はまずいですよ」

百目が背を向けている間に、私は八尋へ耳打ちをした。しかし、

「あれが芽衣にちょっかいをかけたのが悪いのだ」

「だからと言って、これ以上お客様を減らすようなことはしないでください。経営が悪化したら、このホテルがなくなっちゃうんですよ」

「あんな小物を追い払ったところで、私のホテルは痛くも痒《かゆ》くもない」

「ここは八尋さんのホテルじゃありません。私のお祖母《ばあ》ちゃんが守ってきた『霧雨ホテル』なんです」

「今は私が支配人だ。私が気に入らん客は泊めん」

「そんなこと言ってるから、落ちぶれたんですからね」

「妻なら夫の言うことに耳を傾けろ。可愛げがないぞ」

「可愛げがなくて結構です。私が支配人になったら、八尋さんとはすぐに離縁するつもりなんですから」

「……本当に君は強情だな。これからの結婚生活が心配だ」

八尋は私の言葉など意にも介さず、そう独りごちると、呼び止める間もなくラウンジの大階段から二階へと上がっていってしまった。

八尋の後ろ姿を見送りながら、私は左手の薬指をそっと撫でた。

そこには八尋との契約の証《あかし》である痣《あざ》が結婚指輪のように、指の付け根を一周して刻まれている。この契約がある限り、私は八尋の妻として離れることができない。

――どうしてこんなことになってしまったのか。

すべては、二週間前に遡《さかのぼ》る。

第1話　顔の変わるお客様

1

「……芽衣《めい》、これをお前にあげよう」

私の祖母である折原美空《おりはらみそら》は、病床に身を横たえたまま、枕元から震える手で小さな巾着《きんちゃく》袋を私に差し出した。

受け取って中を見てみると、そこにはずしりとした重みのある古い真鍮《しんちゅう》の鍵《かぎ》が一本だけ入っており、表面には「*KIRISAME*」と筆記体の英字が刻まれている。

「お祖母ちゃん、これって……」

「ああ。それは霧雨《きりさめ》ホテルの鍵だ。私の代わりに、お前があのホテルを守ってちょうだい」

「……いいの？　お祖母ちゃん。私に継がせてくれるの……？」

「芽衣が幼かった時から、ずっと決めていたんだ。……頼むね」

祖母が声を発するだけで、ヒューヒューと彼女の喉奥《のど》から掠《かす》れた音が漏れ聞こえる。

彼女の命が尽きようとしているのは、明らかであった。

「……芽衣が誰かと一緒になるまでは持ちこたえようと思っていたけど、ダメみたい……。一人にさせてしまって、ごめんね」

私はふるふると首を振り、やせ衰えた祖母の手をぎゅっと握り締めた。

「お祖母ちゃん、私は大丈夫よ。ホテルも必ず復活させるわ」

「ありがとう。芽衣……。霧雨ホテルをよろしくね」

祖母はほうっと吐息をつくと、まどろむように、ゆっくりと瞼《まぶた》を下ろした。その目尻《めじり》から、すぅっと一筋の涙が垂れていき、私の手を柔らかく握っていた力が弱まった。

「……お祖母ちゃん」

祖母は私がその手を強く握り返しても、もう二度と目を開けることはなかった……。

＊＊＊

私はその日、羽田空港国内線ターミナル駅から二度電車を乗り換えて東京のとある駅に降り立った。

五月も半ば。午後過ぎの空は突き抜けるような青が広がっている。駅の改札を出た私は、長いこと座りっぱなしだった体を伸ばすように、ううんと大きく伸びをした。

私は大阪で働いていたホテルを退職し、寮の荷物をキャリーバッグに詰め込んでそのまま上京してきた。ずしりと重たくなったキャリーをゴロゴロと後ろ手に引きずりながら、駅から吐き出される人の流れに乗りながら、『霧雨ホテル』の住所を頼りにすっかり代わり映えしてしまった土地へと踏み出した。

オフィスが立ち並ぶ駅前を通り過ぎ、地図に従って路地へと入っていく。すると、奇妙なことに駅周辺の騒がしさから一変し、しんと静まり返って人の気配が消えた。

道路を挟むようにして並ぶ家屋も生活音がせず、すれ違う人もいない。さらに奥へ進んで行くにつれて、徐々に空気は冷え冷えとしたものへと変わっていき、薄着だった私は思わず自分の腕をさすった。

言い知れぬ不安が、足を進めるにつれて体に広がっていく。

妙な胸騒ぎを抱えたまましばらく歩いていくと、やがて目の前に背の高い鉄の門が見えてきた。

それは幼い頃の記憶と変わらない、霧雨ホテルの正門であった。ようやく見覚えのある光景を前にして、私は少し安堵《あんど》する。どうやら道は間違えていなかったようだ。

扉は鍵が錆《さ》びてしまっているのか、まるで奥へ誘い込むように開け放たれたままになって、蝶番《ちょうつがい》が僅《わず》かな風に煽《あお》られて軋《きし》んだ音を響かせている。

キャリーの取っ手を握り直し、その隙間をすりぬけるようにして正門をくぐる。そのままホテルまで延びる、やや傾斜のついた道を足に力を入れながらゆっくりと進んでいった。

だが、少し歩いたところで異変を感じ、私は足を止めた。

まだ昼間だというのに、いつの間にか私の周りには白い霧が立ち込めているのだ。

その薄気味の悪い霧は、肌に触れるとなんとも言えぬ不快感を帯びており、それはアルミホイルを銀歯で噛《か》んだような気持ち悪さと似ていた。

思わず後ろを振り返ったが、すでに背後はドライアイスの煙が充満しているかのような深い霧に覆われていて、数メートル先も見えない状態になっていた。さらに、あんなに晴れていた空も、いつの間にか暗雲が立ち込め、今ではすっかり塗りつぶしたような灰色になっている。

……おかしい。

不安を感じて携帯電話を取り出した。だが驚くことに圏外となっていて、充電したばかりだというのに、見る見る力尽きるように光を失い、電源すら入らなくなってしまった。

「……うそ」

私は霧の中で立ち往生したまま唸《うな》る。しかし、ここで引き返したところで仕事も家族もない私に帰る場所があるか……。

「……進むしかないか」

吹っ切るように頭を左右に振り、気の進まない道を進むことにする。

十分ほど経った頃、ようやく私の目の前に木造の三階建ての洋館が見えてきた。

その洋館は一七世紀のイギリス貴族達が住まう城に似た外装をしていて、ここだけ奇妙に抜き取られたようで、日本ではない遠い国へ紛れ込んだのではないかと錯覚すら起こしてしまう程、異国情緒に溢《あふ》れている。

下見板張りペンキ塗りの白い外壁に、美しいスカイブルーのスレート葺《ぶ》きの屋根。

一対の太くて美しい彫刻が施された、存在感のある双子柱が、正面玄関扉を挟むように迫《せ》り出しており、その上はバルコニーとなっていた。

玄関上部はドームの塔のようになって張り出しており、その頂点には大きな風見鶏が取り付けてあった。

また、大屋根が架かる玄関部を中心に据えて両側に棟が続いており、その棟を覆うように、ずらりと並ぶアーチ形の大きな窓は、私を縦に二つ並べても足りないのではないかと思うほど背が高い。

不自然な程の静寂と霧の中で、まるで蜃気楼《しんきろう》のように聳《そび》える建物は、近づいていくにつれてその輪郭を露《あら》わにしていった。

その堂々たる厳かな洋館の佇《たたず》まいは、見上げているだけで感服のため息が漏れてしまう。

この洋館こそ、二週間前に亡くなった私の祖母である折原美空が遺《のこ》した『霧雨ホテル』だ。

彼女は死の間際、たった一人の家族である私にこのホテルを受け継いでくれと鍵を手渡してくれた。

最期までこのホテルのことを気にかけていた祖母。私が祖母の願いを代わりに果たしたい。ただその一心で、勤め先のホテルを辞めて来たのだが……。

私は洋館を目の前にしたまま、呆然として身動きがとれずにいた。

確かに、このホテルの外装は幼い頃の記憶そのままだ。

しかし休館してから十五年しか経っていないというのに、窓ガラスは斜めにヒビが入り、双子柱にも大きな亀裂が走って、外壁もペンキが無残に剝《は》がれて苔《こけ》や蔦《つた》が覆っている。

恐る恐る洋館の左手から延びる石段を下りて裏に回ってみると、祖母が自慢にしていた庭の変わり果てた姿が目に飛び込んできた。

好き放題に育った雑草は私の腰の辺りまで背を伸ばし、当時は丁寧に手入れをされていたはずの植え込みはすっかり枯れてしまって、茶色く乾いた葉が揺れる度になんとも言えぬ哀愁が漂っている。

――重々しい空気が、まるで死臭のようにこの館に充満していた。

さらに頭上で縄張りを主張しているのか、カラスが激しく鳴き、バサバサと大きく羽ばたいた。

その音に驚いて思わず顔をあげると、意図せずホテルの二階の窓が視界の隅に映る。と、同時に橙色《だいだいいろ》の光が一瞬、横切ったような気がした。

……まさか、誰かいる？

――いや、きっと見間違いだ。

ぶんぶんと不吉な考えを打ち払うように頭を横に振り、足早に正面玄関へと戻った。

恐怖心を打ち払いながら祖母から継いだ真鍮の鍵をポケットから取り出して、歪《いびつ》な鍵穴にそっと差し込んでいく。

錆びて合わなくなっていたらどうしよう、という私の心配をよそに、手首をひねるとあっさり「かちゃん」という確かな手応《てごた》えを感じた。

私はひとつ深呼吸をすると、躊躇《ためら》いつつも体重をかけて扉を押し開いていく。ギギィ……という、金属が軋む音が館内に響き渡った。

同時に、隙間から黴《かび》のすえた臭いと、舞い散った埃《ほこり》が私の鼻をくすぐる。さらに扉を押すと、ぞっとするような冷気が私の頬を撫《な》でた。その冷ややかさに思わず身が竦《すく》む。まるで冷蔵庫を開けたような寒さだ。外はそんなに冷えこんでいないのに……。

開け放った扉に手をかけたまま、首だけ伸ばすようにして館内を見回した。

ホテルは電気が通っていないため、館内はとても薄暗い。あらかじめ用意していた懐中電灯の明かりをつけ、光線を床や壁に滑らせていく。

……ざっと見回す限り、人の気配はない。

ごくりと喉を鳴らし、覚悟を決めて一歩ずつ確かめるように館内へ踏み入った。

不気味なほどしぃんと静まり返るホテルの中では、私の鼓動が妙に耳に煩《うるさ》く響く。

一歩歩くたびに懐中電灯の光に舞う埃が浮かび上がり、そのせいか鼻がむずむずするのでハンカチで口元を押さえた。

正面玄関から真っ直ぐ進むと、目の前にフロントがあり、L字型のカウンターが備え付けられている。祖母がこのホテルを経営していたときには、カウンターはいつも従業員たちによって綺麗《きれい》に磨き上げられて、天井の明かりを反射してキラキラと輝いているように見えたものだ。

しかし今となっては、まるで物盗《ものと》りにでも遭ったかのように書類や冊子が散らばって、毛並みの良かった赤い絨毯《じゅうたん》も、水気を吸ったスポンジのように弾力がなくなり、体重をかけて歩くと床板はミシミシと軋む。

そのカウンターを横切って右手に行くと、庭を一望できるラウンジがあり、品のいいソファとテーブルが窓際に二組置かれている。

しかしやはり仕立ての良いソファはすっかり色褪《いろあ》せ、テーブルの上には、飲み残しのまま放置された欠けたティーカップがそのままになっている。

ここは腕のいい庭師により手入れがされた美しい庭を眺めながら、美味《おい》しいお茶菓子と香りのいい紅茶とともにお客様がゆったりとした午後を過ごされていた場所だ。

あまりの変わりように、懐中電灯を持った手が震えてしまう。

私はラウンジに隣接する大階段を見上げながら、ため息をついた。

一通り館内の視察をしたら今日はビジネスホテルに泊まろうと決めていたが、この様子ではさっさと切り上げて、業者と一緒に来たほうがいいような気もする。

それに、なんだかさっきから誰かに見られているような、強烈な視線を背中越しにひしひしと感じ全く落ち着かない。

もう帰ろうと私は独り呟く。——と、その時だ。

不意に、上階で扉が開閉するような音が聞こえた。その物音に思わずビクリと肩が跳ねる。同時に、先ほど外から偶然見えた橙色の光が脳裏をよぎった。

……やっぱり、誰かいる？

私は考える暇もなく素早く身を翻すと、脱兎《だっと》のごとく玄関へと駆け寄った。

浮浪者ならばまだいい。だけど幽霊や犯罪者だったら洒落《しゃれ》にならない！

——ところが、

「あれっ？」

なぜか鍵《かぎ》を閉めた記憶のない扉は、ドアノブを回してもびくともしない。

「な、なんで開かないの？」

半ばパニックになりながら、ええい！　と扉へ全体重をかけて体当たりする。しかし派手な音を立てて激しく軋むものの、元々重厚な造りの玄関扉だ。そう易々と壊れそうにはない。

「う、嘘でしょ。そんな、やめてよ！」

私は叫びながら手が痛くなるほどガンガンと激しく扉を叩《たた》いた。と、そこで、

「何者だ」

突然、遠くから低い男の声が聞こえた。

振り返ると大階段を激しく軋ませて、何者かが降りてくる気配がした。明かりもつけないまま、大きな黒い影が確かな足取りで、こちらに近づいてくるのが見える。

やっぱり誰かいたんだ！

息を呑《の》んで身を硬くしていると、薄明かりの中から、何者かの姿が浮かび上がるように露わになった。

「……っ！」

その男は私よりも頭一つ分ほど身長が高く、白く滑らかな生地のクラバットシャツに、しわ一つない黒いズボンを穿《は》いていた。艶《つや》やかな黒髪を撫で付けるように後ろへ流しており、その姿だけであれば、まるで英国の紳士のように思えた。

しかしその男の顔を見たとたん、私は目を見張った。男の目元は、細かな装飾が施された銀色の仮面で覆われているのだ。

そして薄明かりの中、鈍く艶めく仮面に穿《うが》たれた二つの穴の奥で、燃え盛るような緋色《ひいろ》の光が輝いているのが見えた。

それが瞳《ひとみ》だと気づいた瞬間、もう悲鳴を抑えることができなかった。

だがすぐに白い手袋をつけた男の手が伸びてきて、口元を強引に塞《ふさ》がれた。さらに玄関扉に追いやられ、素早く両の手首を胸の上で組まれるようにして押さえ込まれてしまった。

「んんっ!」

「……玄関には鍵をかけていたはずだ。どうやってここに入った」

鼻先に不気味な仮面が広がり、恐怖のあまり、体が震える。

男の手は手袋越しにでも分かるほど、凍りつくような冷たさだった。それが余計に私の恐怖を増長させていく。

抵抗もできず、ただ男の手袋の下で呻《うめ》くだけしかできない自分が情けなかった。

と、不意に仮面の奥で私を見つめる男の目が微《かす》かに細められた。そうして、まるで何かに気づいたように、男は私を摑《つか》む力をわずかに弱めた。

「……君は人間か?」

質問の意図が分からなかったが、一応人間であることは確かなので、こくりと頷《うなず》く。

男はさらに私の顔をのぞき込むように顔を近づけ、

「……君は、まさか」

一言だけそう呟《つぶや》くと、ようやく「もう叫ぶんじゃないぞ」と言い、私の口元と腕から手を離した。

体が自由になったとはいえ、突然の状況に頭が真っ白になってしまう。私は男から少しでも距離を取ろうと、ぴたりと背後の扉に体を押し付けたまま、

「あ、あああなたは誰ですか？　……ま、まさか、犯罪者ですか？」

自分でも分かるほど呂律《ろれつ》が回っておらず、声が裏返っていた。視界が滲《にじ》むのは恐らく涙のせいだろう。悔しいが、私は半べそをかいてしまっているようだ。

しかし男は怯《おび》える私とは対照的に、至極落ち着いた様子で、

「……まさか君に会えるとは思わなかった」

何故か少しだけ嬉《うれ》しそうな声音で呟き、するりと私の髪の毛先を指で梳《す》いた。

「ひゃー、なんなんですか！　私なんか殺しても、なんにもなりませんよ！」

「まさか私のことを忘れたのか？　烏丸八尋だ。君の……」

「八尋《やひろ》、一体誰と話してるのよ」

だが私が問い返そうと口を開いたのと同時に、再び大階段を軋《きし》ませて人が降りてくる気配がした。

高いヒールの靴を履いているのか、カツゥンと甲高い音をリズムよく響かせて、薄闇の中から浮き出るように近づいてきたのは……。

「へえ。騒がしいと思ったら、人間が来たの？　珍しいわねえ」

その男は烏丸《からすま》より華奢《きゃしゃ》な、二〇代半ばぐらいの短髪の青年であった。紫色の派手な装飾

が入った燕尾《えんび》服《ふく》、美しい刺繍《ししゅう》が施された白タイツにヒールの高いロングブーツをセンスよく着こなしている。

ひと房だけ青いメッシュが入っている金糸のような髪は、少し癖があるが、触れればふわっとして柔らかそうだ。目元を覆うほど垂れ下がった前髪を彼が細い指でかきあげると、その端整な美貌《びぼう》に状況を忘れて見惚《みと》れてしまう。

垂れた髪の間から覗《のぞ》く目尻《めじり》の下がった瞳は穏和で、どこか優美な雰囲気を醸し出し、色白が故に、うさぎの目のように赤い瞳の妖《あや》しさを引き立てていた。

「人間なんか捕まえてどうするのよ、八尋」

甘く澄みあがった声と、やや女のような口調で呟く彼は、口をへの字に曲げて私の目の前までやって来ると、こちらを覗き込んできた。しかしその途端、ぞっとするような冷気が漂って、ぞくりと鳥肌が立った。

……どうしてこの人たちはこんなに冷たい体をしているんだろう。

それに、さっきから人間、人間って、まるで自分たちが人間ではないみたいな言い様だ。

私が黙りこんだままでいると、男は赤く塗った爪を少しかじりながら、

「ま、せっかく迷い込んで来たところ悪いけど、帰ってくれるかしら。客を泊めるのって面倒……じゃなかった。あいにく部屋は満室だから」

わざとらしくため息をついて男は囁《ささや》くと、鳥丸へ同意を求めるように、ちらりと視線を

送った。

「……え？　あの、客を泊めるって、どういう……」

「人間に詳しい情報は言えないの。さ、帰って」

男は質問に答えないまま、呆気《あっけ》に取られる私の腕を強引に掴んだ。その手がやはり異常に冷たい。

一体次から次へとなんだというのだ！

頭が真っ白になりながらも、助けを求めて視線を泳がせる。と、視界にガラス窓が映った。

私はその光景に思わず目を見張る。……ガラスに、この二人の姿が映っていない。

私の表情に気がついたのか、烏丸がすかさず男の肩を掴んだ。

「氷雨《ひさめ》、ガラスを見ろ」

「えっ？　あっ、しまった！」

氷雨と呼ばれた男は、私を突き飛ばすようにして慌てて身を引いた。その様子が何よりの証拠である。

……確信した。この人たちは人間ではない。幽霊か、化物か、妖怪《ようかい》の類《たぐい》に違いない。

そう認識すると、目の前の二人が急激に恐ろしく思えて、ぞおっと瞬く間に血の気が引いていった。

「あぁ、もう……。このことは忘れて。じゃないと色々面倒なのよ。おとなしく帰ってくれれば、手荒なことはしないから」

氷雨の言葉尻《ことばじり》には若干の苛立《いらだ》ちが見え隠れした。先ほどまでの穏和な空気が掻《か》き消え、私を真っ向から見据えるその眼光は竦《すく》み上がるほど鋭いものになっている。

しかし、ここで引くわけにはいかないのだ。

私は拳《こぶし》をぎゅうっと握り締め、その赤い瞳に挑みかかるように見つめ返した。

「……か、帰れません」

「へ？」「なに？」

「……こ、ここは私の祖母が遺《のこ》した霧雨ホテルなんです。あ、あなたたちこそ、無断で何をしているんですかっ？」

恐怖しているのを悟られまいとしたばかりに、口調が少し乱暴になってしまった。

「霧雨ホテル？　このホテルはそんな名前じゃないわよ？」

「このホテルは人間の世に紛れて暮らす妖《あやかし》たちが泊まるホテルだ。人間がつけるような名前など、ついていない」

ガツン！　と硬いもので頭を思い切りぶん殴られたような衝撃があった。

……妖たちが泊まるホテル？

「……な。何言ってるんですか。私はお祖母《ばあ》ちゃんから直々にこの霧雨ホテルを継いだんです。ここは私のホテルです！」

「……これを見ても？」

氷雨が合図のようにパンパンと手を叩くと、薄闇の中、私たちを囲むようにして人形の影がそろそろと集まってくるのが分かった。

「アンタたち、灯《とも》を灯してきて」

氷雨が命じるように言うと、彼らは一斉に散らばり、大階段を上ってぽつぽつと一階から三階までのペンダントライトに橙色《だいだいいろ》の光を宿らせていく。それは電気でも炎でもない、奇妙な灯りであった。

やがて老朽化が進んだ館内の姿がぼうっと浮かび上がり、吹き抜けの二階からこちらを見下ろす従業員と思われる者たちの姿が露《あら》わになった。ざっと数えて、七、八人といったところか。

彼らは老若男女問わず、霧雨ホテルの従業員たちが着用していた制服に身を包んでいたが、どこか違和感がある。

体に包帯を巻いていたり、髪の色が奇妙だったり、なかにはやや体が透けている者までいる。

しかし共通して皆目が赤く、人間とは思えぬギラついた光を宿していた。

あれが氷雨の言う「妖」なのだろう。妖というのは、みな瞳が赤いのかもしれない。

彼らはお世辞にも私を歓迎しているとは言い難く、今にも飛びかかってこんばかりに敵意のこもった眼差《まなざ》しをくれる。それに耐え切れなくなって、私は目を伏せた。

「あんまり見せたくないけど、事情が事情だしね。どう？　これで合点がいったかしら？　悪いことは言わないから、さっさと……」

「……そんなことより美空はどうした」

意外な言葉で氷雨を遮ったのは、今までずっと黙り込んでいた烏丸であった。

「美空？　そ、それって、お祖母ちゃんのことですか？」

「ああ」

「お祖母ちゃんのこと知ってるんですか？」

「質問しているのはこちちだ」

「……。……亡くなりました。二週間前に」

私がそう小声で呟くと、一瞬だけ仮面の奥で緋色の光がパッと燃え上がるように煌《きら》めいた。

「そうか……死んだのか」

烏丸は額に手をやり、嚙《か》み締めるように呟く。その声は哀愁を帯びていて、まるで死を悼んでいるようだった。

「あら、じゃあこれからは堂々とこのホテルを使えるわね」

だが烏丸とは対照的に、氷雨はあっけらかんと言い放った。

「美空がいつ帰ってくるんじゃないかってヒヤヒヤしていたけど、これで正式にこのホテルは八尋のものってことだものね」

「──え?」

「……な、何言ってるんですか……ここは私のホテルです」

「え、どうして?」

「どうしてって……」

あまりにも勝手な物言いをする氷雨に、胸のあたりからむかむかとしたものがせり上がってくる。

「こっ、後継者として選ばれた者が跡を継ぐのは当たり前だと思います。それに、勝手にホテルを乗っ取るなんて不法なんじゃないですか」

「人間の法が、アタシたちに通用するとでも?」

きっぱりと言い切る氷雨に、開いた口がふさがらない。そしてさらに追い打ちをかけるように、烏丸までもが至極当然といった様子で、

「氷雨の言うとおりだ。人の世に法があるというのなら、私たちにとっても法がある。妖の世は力こそがすべてだ。ホテルで言うならば、一番功績をあげたものだけが初めて権利を主張できる。それが法だ」

功績……？　権利……？

「八尋とアタシ、それから他の従業員たちは、美空がいない間もこのホテルで客をたくさんもてなしてきたの。ま、いいもの見せてあげるわ」

氷雨はふふん、と鼻を鳴らして踵《きびす》を返すと、荒れ果てたフロントから一冊の辞書のように分厚い冊子を手にして戻ってきた。

「これは宿泊帳よ。中をご覧なさい」

言われるがまま、差し出された冊子のページを開く。そこには、一瞬目眩《めまい》がするほどの細かい文字がびっしりと書き込まれていた。

最新と思われるページの一番上を見ると、日付は三月となっていて、

『二〇一×年三月十日　×××様 男性　一名二〇一号室 C／I《チエック・イン》

担当者／××××

二〇一×年三月二十三日　同上二〇一号室 C／O《チエック・アウト》

チェックアウト　サイン／×××』

だが、肝心のお客様と担当者の名前は難しい文字が使われており、何と読めばいいのか分からない。

「あ、人間には妖の名前が読めないのね。ま、ここには客の名前とサインが書いてあんの」

「……は、はあ」

私は宿泊帳を覗《のぞ》き込みながら眉根《まゆね》を寄せた。

「このお客は八尋が担当になっていて、このホテルのサービスに満足をしたから妖力をたっぷり込めたサインをしてくれたの。ま、アタシたちにとって、これが支払いみたいなものね。最低額はもらうけど、そこからどれくらい上乗せするかは、お客次第ってこと」

「妖力を込める……？」

氷雨は私の反応に少し面白そうに微笑すると、おもむろに宿泊帳へと手をかざした。すると、書き込まれた文字がぼうっと青白く浮かび上がった。

私はその美しい光に誘われるように、おずおずとその字に触れてみた。しかし指先が少し文字を擦《こす》った瞬間、炎で焦がされたような痛みが走って思わず宿泊帳を取り落としてしまった。

「ばかね、人間が触ったら火傷《やけど》するわよ」

氷雨は宿泊帳を拾い上げながら、呆《あき》れたようにため息をつく。

「このサインを一番多く獲得……つまり妖力を多く稼いだ者が、このホテルの最高責任者である『支配人』になれるの。それが、妖の世における法ってわけ」

氷雨は私の瞳《ひとみ》を見つめながら、かんで含めるような調子で言う。だが、いきなりそんなことを言われても、「はいそうですか」とすぐに納得できるわけがない。

それにたとえどんな事情があろうとも、みすみす霧雨ホテルを妖たちに明け渡すつもりもない。

「もし、強硬にこのホテルを私が奪おうとしたら、どうしますか」

「アンタ一人で、アタシ達全員を追い出せるとでも？」

「……それは」

「それにこのホテルで人間相手に商売しようとしても無理よ。アンタはこのホテルと縁が深かったから来られただけで、普通の人間は滅多にたどり着かないわ。この霧が人間の目からホテルの存在を隠しているから」

確かに霧雨ホテルは郊外に建っているとはいえ、こんなに霧がかかったことはなかった。

「なんでそんな勝手なことばっかりするんですか……！　ここはお祖母ちゃんのホテルなのに！」

「八尋が自分のホテルをどう使おうが文句を言われる筋合いはないわ」

埒《らち》があかないとはこのことだ。

私は烏丸と氷雨を見やり、それから上階へと視線を滑らせた。じっと動かないままやりとりを聞いていた従業員たちは、私と目が合うと下卑た笑い声を漏らした。

恐らくどうあがいても無駄のようだ。

郷に入っては郷に従え、というわけか。

私はくっ、と喉《のど》を鳴らし、そのまま烏丸へと視線を戻す。

「今、このホテルで一番偉いのは誰なんですか？」

「私だ」

「今まで大体どれくらいのお客様をおもてなししたんですか？」

「……百人ぐらいだろう」

「つまり百人のお客様をもてなせば支配人になることができるってことですね。それは人間にも適用されますか？」

烏丸は私の質問の意図を測りかねているのか、不審そうに首を傾げた。

「ああ。妖力は得られないが、可能なはずだ」

「じゃあ……私もここで働きます」

その瞬間、時が止まったように館内がしんと静まり返る。

「何を言っている」

「そのままの意味です。百人分のサインを頂いて、私がこのホテルの支配人になります」

直後、爆発的な笑い声が一斉に響き渡った。

振り仰ぐと、私たちを静観していた従業員たちが腹を抱えて笑い転げているのだ。一体何がそこまで彼らのツボにハマったのかは知らないが、どうやら相当馬鹿にされているということは分かる。

私は黙ったまま玄関に置きっぱなしのキャリーバッグを引き寄せ、呆気《あっけ》に取られたようにこちらを見詰める烏丸と氷雨に向き直り、

「私とお祖母ちゃんが使っていた部屋は、せめて明け渡してもらいますから」

すかさず、足を踏み出そうとする私の腕を氷雨が摑《つか》んで止めた。

「お待ちなさい。アンタの心意気は相当なものみたいだけど、人間が長期間この館に出入りなんてしてたら、すぐに死ぬわよ？」

「……え」

「このホテルは八尋の管理下にあるから妖力で満ちているわ。客ならまだしも、住み込みで働くなんて命を削るようなものよ。アンタ、ホテルを継ぐ前に死にたいわけ？」

「……妖力って、そんなに人間にとって毒なんですか？」

「正確には生命力を奪われるの。水を与えられなくなった植物が枯れていくみたいに。じわじわと内側から朽ちていくのよ」

「そんな……」

「もう分かったでしょ。ここにアンタの居場所はないの。このホテルのことは諦《あきら》めて、大人しくお家《うち》に帰りなさいな」

「無理です。私には帰るところなんてないんです。ここが私の唯一の居場所なんですから」

「唯一？」

「私は……幼い頃に両親を亡くして、八歳までこのホテルの手伝いをしながら育ったんです。だから、ここは私の実家のようなものなんです」

「……へえ？」

「でも十五年前、お祖母《ばあ》ちゃんの具合が悪くなって、結局ホテルは休館せざるを得なくなってしまいました。その時、大きくなったら私がこのホテルを継ぐって決めていたんです。だから……」

「でもそれはアンタの事情でしょ？　アタシたちには一切関係ないわ」

縋《すが》る私を容赦なく撥《は》ね除《の》けるように、氷雨は冷たく言い放つ。

「別に意地悪で言ってるわけじゃないのよ。このホテルの支配人が八尋である以上、人間が出入りできる方法がないだけ。これぱっかりは、どうしようもないことで……」

「――方法なら、ひとつだけあるぞ」

烏丸がおもむろに口を開き、またも氷雨の言葉を途中で遮ったかと思うと、

「私の妻になればいい」

「……………………はい？」

ざわっ、と再びホテルにどよめきが沸いた。

「私の妻になれば、私の妖力で守ってやることができる。それに妖力の効果で、妖《あやかし》の名も

読めるようになるだろう」

「や、八尋？　いきなり何を言い出すのよ」

私が妖の妻になる？　耳を疑うような烏丸の唐突な申し出に絶句してしまった。

「八尋様、気でも違ったか」「人間と？」「ご乱心だ」

頭上からは、戸惑いの声がぱらぱらと降ってくる。当然の反応だろう。

しかし目の前の男は、穿《うが》たれた二つの穴から、じっと赤い目で私を見つめるばかりで身動き一つしない。私はこの男の言葉の意図を測りかねて、

「ど、どうしていきなり」

「君が困っているようだから」

「それはそうですけど……。でも、あなたには何のメリットもありませんよね？」

「どう受け取るかは君の自由だ」

「……」

これは……何かの罠《わな》だろうか。

妖というものの存在が、人間に対しどんな悪意を持っているのか、私には分からない。

しかしこの妖たちからホテルを取り戻すには、恐らくこの方法しかないというのは確かなのだろう。だからと言って、私がこの男の妻に……？

私がじっと見据えても、烏丸は端整な口元を引き締め、黙り込んだままだ。

「……あなたは、私と結婚することになってもいいんですか？」

「ああ。――君となら構わない」

君となら？　何やら引っかかる物言いだ。

「それ、どういう意味ですか？」

「……そのままの意味だ」

烏丸は終始淡々としていて、一切感情を揺るがさない。

二十三年間、彼氏はおろか初恋すら経験したことがない私が、段階を飛び越えていきなり結婚。しかも相手は初対面で、妖で、銀の仮面をつけた変態かもしれない男……。

普通なら絶対に断るはずだ。

……この霧雨ホテル以外のことならば。


『――ありがとう。芽衣……。霧雨ホテルをよろしくね』


祖母の言葉を、ホテルを、こんなところで裏切れない。私はすうっと息を吸い込むと、

「私が支配人になったら、すぐにあなたと離縁して、ここを霧雨ホテルとして復興させます。それでもいいですか」

「できるものなら、してみるがいい」

烏丸は、そこで初めて薄い唇の端を歪《ゆが》めた。挑発的な言葉に自分でも単純だと思うが、かあっと一気に血がのぼる。

「後悔しないでくださいね」

「私と婚姻するんだな？」

「ええ、やってやろうじゃないですか」

「プロポーズの言葉の返答にしては少し荒っぽいな。……ならば左手を出しなさい。契約をする」

「……契約？」

烏丸は「ああ」と小さく言うと、無遠慮に私の左手をがしりと摑んだ。同時に烏丸の手袋越しに伝わってきた冷気に中《あ》てられ、氷水に足を突っ込んだ時のような寒気が背筋へ一気に駆け上っていった。

しかし烏丸はそんな私の反応など気に留めた様子もなく、

「——このホテルで百人もてなすまでは、君は私の妻だ」

そう呟《つぶや》くと同時に、私の薬指へ躊躇《ためら》いなく口づけた。

「ひゃっ！　やめてください！」

私は反射的に烏丸の手から引っこ抜くような勢いで払い除けた。しかし、その直後口づけられた部分が熱を帯び、同時に激しく締め付けられるかのような激痛が走る。

やがて薬指の根元には赤い痣《あざ》のようなものが一周するように広がって、見る見るうちにそれは形を変えていき、タトゥーのようにくっきりと黒い模様が浮かび上がった。

「痛……っ！　私に何をしたんですか」

「契約だと言っただろう。まさか、口約束だけで済むと思っていたのか？」

「……う」

「その痣は私の妖力の証《あかし》だ。結婚指輪の代わりだと思えばいい」

「……は、はあ」

「結婚したからには、離縁するまで君は私から逃れることはできない。もし私から逃げたりしたら、一瞬でその痣が全身に広がって、苦悶《くもん》の末死に至る。……逆もしかりだがな」

そう言いながら、烏丸は自分の左手の手袋をそっと外した。予想外に無骨な男らしい大きな手である。その薬指には、私とまったく同じ痣が浮かび上がっていた。

「……逃げたりなんて、絶対しません」

「いい度胸だ。女房というのは、そうでなくては」

烏丸は満足げに呟くと、慣れた様子で手袋を嵌《は》め直していく。

だがそこで、今まで唖然《あぜん》と成り行きを見守っていた氷雨が烏丸の肩を慌てたように掴んだ。

「ちょっと待ちなさい、八尋。人間と結婚するなんて正気の沙汰《さた》とは思えないわ。しかも、この女が支配人になったら、アタシたちの居場所がなくなっちゃうかもしれないのよ。それでもいいの？」

「こちらの世では、力こそすべてのはずだぞ」

「だからって、ここまで好待遇にすることないでしょ。頭を冷やしなさいよ」

しかし烏丸は氷雨の手を軽くいなすように叩《たた》くと、

「氷雨。明日から芽衣に仕事を教えてやれ」

「八尋っ！」

私はそこで、違和感を覚えて頭をあげた。

「ちょっと待ってください。どうして私の名前が分かったんですか？」

烏丸は私の言葉に、ハッとしたように口をつぐんだ。

「お祖母ちゃんのことも知っているようですし……もしかして、以前私と会ったことがあるんですか？」

まくし立てるように問うと、烏丸は短い息を落とし、

「やはり、忘れてしまっているんだな……」

「……え？」

「その話は二度とするな。……他の者は持ち場に戻れ」

烏丸は私の腕を強引に引き寄せながら、従業員たちに向かって「散れ」と言って手を振

り下げた。すると上階にいた従業員たちは、皆おとなしく、その姿を闇に溶け込ませていく。

「まったく、八尋にはついていけないわ」

氷雨は諦めたようにため息を漏らすと、ヒールの音を響かせながら大階段をのぼって二階へと上がっていってしまった。

人気が失せ、再び館内には、しん、とした静寂が落ちる。

「君の部屋に案内しよう。さあ、おいで」

そう言いながら手を引く烏丸の姿が、私には異様なほど不気味な存在に思えてならなかった。

＊＊＊

烏丸に連れられて、ラウンジから大階段をあがり、二階へと上っていく。

霧雨ホテルの客室は二階に十部屋、三階に大きめの部屋が二部屋、貴賓室が一部屋と、全部で十三部屋ある。それを除いて私と祖母が自分たちの部屋として使っていた部屋が、二階に一部屋あるはずだった。

おそらく、烏丸はその二〇〇号室へ案内してくれるのだろう。

……それにしても。私は烏丸の後ろを歩きながら、館内をぐるりと首を捻《ひね》って見渡した。冷え冷えとしている館内は、やはりどこもかしこも驚く程傷んでおり、階段に足をかけるたび、このまま踏み抜いてしまうのではないかと思うほど激しく軋《きし》む。

壁紙は無残に剝《は》がれ、吹き抜けを支える柱や天井はミシミシと不安を煽るような音を館内に反響させている。床一面に敷き詰められた美しかった真紅の絨毯《じゅうたん》も、毛並みはぼろぼろで埃《ほこり》と泥にまみれて薄汚れており、祖母がこだわりを持って輸入した調度品の類《たぐい》すら、今ではガラクタのようにみすぼらしい姿となっていた。

祖母が実の娘のようだ、と愛情を注いでいたこのホテルは、今や廃墟《はいきょ》同然で見る影もない。

けれど細かなところを注視すれば、ところどころ霧雨ホテルの面影が残っている部分もあって、それが余計に私の胸を締め付けた。

いたたまれなくなって思わず足を止めると、烏丸はその度に私の様子を窺《うかが》うように振り向く。しかし私へは一切声をかけようとせず、しばらくすると踵《きびす》を返して再びホテルの奥へと誘い込むように歩みを進めていく。

いちいち反応していてはキリがないと、私も途中から気持ちを切り替えて大人しくついていった。

……しかし奇妙なのは、何もホテルの様子だけではない。

例えば、不意に背後から「ギィ……」という、客室の扉が重々しく開く音が聞こえ振り返ってみると、何故か不自然に扉が開け放たれている。だが、客室の中から人が出てくる気配はない。そのまま様子を見守っていると、無人の扉のノブが独りでに回り、私が見ている前で勝手に閉じられていく。

またあるときは、廊下を歩いていると女性が描かれた見覚えのない不気味な絵画が飾られていて、そばを通ると何やら呪詛《じゅそ》めいた言葉を小声で呟かれたり。

その他にも、姿の見えない者に髪の毛や服の袖《そで》をツン、と引っ張られたり、獣臭い何者かが私たちの後を一定の距離を保ったまま ついてくる気配がしたり……。

最初こそ一々反応して怯《おび》えていたが、ここまでくると、もう驚くことにも疲れてしまうほど、このホテルは怪奇現象のオンパレードであった。

……妖《あやかし》が泊まり、妖が経営するホテル。

さすが看板に偽りなし。皮肉にも前を歩く烏丸の存在が頼もしいとすら思える。

「……」

――それにしても、一体この男は何者なんだろう。

意味深なこの男の言葉が、絡みつくように胸の奥に引っかかっている。

今でもこの男と結婚したという実感がわかず、私はそろりと左手の薬指を撫《な》でた。

「……あの、どこもかしこも蜘蛛《くも》の巣だらけですね」

思い切って長い沈黙を自ら破り、烏丸へ声をかけてみる。だが彼は一瞬だけ私を振り返ったものの、返答はなく、すぐ向き直ってしまった。

「……そ、それに壁も床もぼろぼろです。十五年でこんなに老朽化が進むものなんでしょうか」

烏丸は押し黙ったまま、何も答えようとはしない。私はなおも追い縋るように、

「あ、あの。それからもう一つ違和感が……」

「二〇〇号室。ここが君の部屋だったんだろ？」

私の言葉を遮るように、烏丸は廊下の突き当たりにある部屋の前で足を止めると、淡々とした口調で言った。

「入ってみなさい」

「……は、はい」

烏丸に促されるまま扉に近づいていき、すっかりメッキが剥がれた冷たいドアノブを握り、ゆっくりと回しながら扉を押し開いていった。

「……うわあ」

六帖《じょう》ほどの部屋には、質素なベッドと、洋服ダンス。それから小ぶりな机が、それぞれ壁に接するように備え付けられていた。

また部屋の中央には、二人がけ用のソファとガラステーブルも置かれており、その上に

は古い雑誌や書籍が積み上がったままになっている。

「懐かしいか」

「……まあ、それなりに」

それらは紛れもなく私がこのホテルで祖母の手伝いをしていた当時に使用していたものだった。しかし、室内は薄暗く、湿り気を帯びて澱《よど》んだ空気が篭《こも》っていて、お世辞にも心地良いとは思えなかった。

それに、ずっと放置されていたのだろう。家具はすべて分厚く埃を被《かぶ》っていて、指で表面をなぞると、もっふりとした埃がふわふわと舞い散った。

庭を見渡せるのが密《ひそ》かにお気に入りだった窓も、斜めに大きなヒビが入っていて、ボロ切れのようなカーテンがすきま風に揺られている。

当時の部屋に案内されたとはいえ、ここで寝起きしなくてはいけないのかと思うと、絶望に叩き落とされたような気持ちになった。しかし烏丸は落胆する私に気づいた様子もなく、

「あとで氷雨に制服と名札を手配するように言っておく。スタッフルームで受け取りなさい。何か必要なものがあれば、従業員に訊くといい。私の部屋は三階にあるから、直接私を訪ねてもいい」

「……分かりました」

まずはこの部屋の掃除をする必要がありそうだ。

だが用件が済んだはずの烏丸はなぜか部屋から出ていこうとはせず、そのまま埃が積もるベッドに躊躇《ためら》いなく腰を下ろした。

「あの……。他にも何か用ですか？」

「いや。用事はない」

「……じゃあ、出て行ってくれませんか」

「なぜだ？」

烏丸の言葉に、私は首を捻る。

「着替えたりしたいんですけど」

「夫の前で何を恥ずかしがっているんだ。手伝ってやろうか？」

あっさりとのたまう烏丸に、カアーッと自分の頰が赤くなっていくのが分かった。

「わ、私に触らないでください！」

「辛辣《しんらつ》だな。夫婦だというのに。結婚初日から夫婦喧嘩《げんか》はしたくないぞ」

「何が夫婦喧嘩ですか！」

「……やれやれ。仕方ないな」

烏丸は諦《あきら》めたのか、渋々といった様子でゆっくりと腰をあげた。

「私の部屋にはいつ来てもいいぞ。夫婦の間に遠慮はいらないからな」

「いや、遠慮しておきます」

だが私の言葉など耳に入っていない様子で烏丸は部屋を出ていこうとする。

その後ろ姿を見て、私は「あ」と思い出すものがあって、慌てて呼び止めた。

「そうだ。すいません。ひとつ訊《き》きたいことがあるんですけど」

「なんだ。私の好物でも知りたいのか？」

「いや、そうじゃなくて。……あの、なんとなくホテルの間取りが変わっているような気がするんですが」

「……なに？」

「ここに来るまで、部屋の数を数えていたんですけど、私の部屋を除いて客室が三部屋しかないんです」

私は言いながら部屋を出て、吹き抜けを挟んだ向かいの壁を指さした。

「暗くて最初はよく分からなかったんですが、あっちの部屋が全部壁になってるんです。他にも、ラウンジのそばにサンテラスへと抜けられる扉があったはずなのに無くなっていましたし、フロント脇に入口があった娯楽室も見当たりませんでした」

「……」

「たしかにここは霧雨ホテルですが、幼い頃私が過ごしたホテルとは似ても似つかない間取りなんです。……改装でもしたんですか？」

「……。ここを人間が泊まるようなホテルと一緒にされては困る」

「どういう意味です？」

「このホテルは、客の妖力によって維持されている。客が満足しなければ、このホテルの存在意義がなくなり、ホテルも朽ちる。部屋も減るし、穢《けが》れていく」

「い、いやでも。昔は妖力なんて関係なく、まともなホテルだったと思うんですけど……」

「妖相手に商売をするには、この方法がもっとも手っ取り早い。だから私がそういうホテルへと変えたのだ」

「……じゃあ、お客様が来なくなったら」

「朽ち果てるだけだ」

「その割に、さっきからお客様の気配が全然ありませんが」

「今このホテルに泊まっている客はいない。満足しない客が泊まれば、逆にホテルが朽ちるから、追い返している」

追い返している……？　烏丸の言葉を受けて、さあっと血の気が引いていった。

「……それじゃ、このホテルが汚いのって……」

「泊めてやるだけ有難いとも思わず、満足しない客が多いのが悪いのだ」

烏丸はまるで拗《す》ねたような物言いで、ふいっと私から顔を背けた。

これは、まずい……。

これでは百人もてなす云々《うんぬん》の前に、百人のお客が来るかどうかも怪しい。

と、その直後だった。階下で何かが倒壊するような轟音《ごうおん》が館内に響き渡った。

驚いて吹き抜けから身を乗り出し、階下を覗《のぞ》き込むと、従業員たちが野次馬のごとく集まっていくのが見えた。どうやらラウンジのシャンデリアが落下したようだった。

「烏丸支配人、下の階が大変です！　様子見に行かなくていいんですか？」

「慌てるな。いつものことだ」

えっ？

「このホテルは妖力が枯渇しすぎている。恐らくもう、この姿を保つのも限界だろう。持って一ヶ月というところだろうな」

「それって、まさかこのホテルが失くなっちゃうってことですか？　な、何もしないつもりじゃないですよね？」

わなわなと、自分の唇が震える。しかし当の烏丸は、

「仕方ないだろう。私のせいではない」

まるで子供が駄々をこねるかのような、どこか突き放した口調で言い放った。

その一言で、何かがぷつりと私の中で音を立てて切れた。

「……い、いい加減にしてくださいよ」

思わず烏丸の服を摑《つか》み、冷たい銀の仮面を真っ向から睨《にら》み据える。

そうして自分でも歯止めが利かぬ間に、内側で煮え滾《たぎ》った感情をぶちまけるように大声で叫んだ。

「お祖母《ばあ》ちゃんのホテルを乗っ取った挙句、ホテルの存在自体が消えそうな状況で仕方ないですか？」

「……」

「冗談じゃありません。これ以上、このホテルに勝手な真似はさせませんよ！」

「勝手もなにも、このホテルは私のものだ。私がどうしようと、芽衣には関係がない」

「ふざけないでください！　私は意地でもこのホテルを守ります」

「何をする気だ？」

「立て直すんです」

「……どうやって？」

「私はこの霧雨ホテルを継ぐために、大阪のホテルでずっと働いていたんです。お祖母ちゃんには敵《かな》いませんけど、おもてなしの心得なら理解しているつもりです。今からでも……」

「なるほど。だが無理だと思うぞ。人間のやり方など、妖には通じないからな」

「あなた、それでも支配人なんですか？」

「ああ、君がなんと言おうともな。悔しければ、私から権利を奪うことだ」

烏丸は私の手をそっと解くように振り払うと、結局一度も振り返ることなく、淡々と大階段を上っていってしまった。

『……百人もてなすまでは、君は私の妻だ』

今になって、私はこの決断が正しかったのか自分でも分からなくなってきてしまった。

じんじんと熱を帯びて痛む薬指が、まるで責め苦のように感じられるのだった。

＊＊＊

烏丸が部屋を出て行ったあと、私はキャリーバッグの中から冬物のケープを取り出し、自分の体を包んだ。幾分寒さは軽減されたが、まさか五月にもなってケープを活用することになるとは思わなかった。

とりあえず、部屋の掃除は後回しだ。まずは制服を受け取りに行かねば。

私は身を縮こまらせながら、ゆっくりと一階に降りてフロントへと向かった。

カウンターの中へ入ると、正面から見えないが、スタッフルームへ繋《つな》がる扉があるのだ。

どうやらここの間取りは変わっていないようで、記憶通り見覚えのある扉があった。念のため扉をコンコンと叩《たた》いてみる。だが、中からは返事がない。しかし扉に耳を当ててみると、物音や話し声が聞こえてくる。少し躊躇ったものの、ここで怖《お》じ気づいている暇はないと、覚悟を決めてドアノブを回し、扉を開いた。

「……うわ」

スタッフルームはそれなりに広い部屋で、仮眠ができるソファベッドが二つ、また奥には向かい合わせるようにして並べられた机。壁際には本棚。また、部屋の隅には簡易な給湯設備もあって、簡単な料理ならできるようになっている。……のだが。

かつて従業員たちが羽を伸ばしていた部屋とは思えないほどの荒れっぷりである。

床には書類や冊子が散らばって、脱ぎ捨てられた制服や、毛布、それからゴミ袋が積み上がって異臭を放っていた。

本棚には書籍がねじ込まれるように乱暴にささっているし、シンクには汚い皿が積み上がっていた。

また、二つのソファベッドには、制服を着たまますやすやと寝息を立てる老婆が眠っているが、その手に使い古された包丁が握られていて悲鳴が漏れそうになった。

机では氷雨と、やや年配の男が仕事もせず、チェス盤を挟んで遊びに興じていた。男の指先は猫の爪のように鋭く、その爪の先で器用に駒をいじっている。

普段生活をしていて、この光景を目にしたら腰が抜けてしまうかもしれないが、今の私は恐怖心よりも締りのない彼らに対しての怒りが優《まさ》っていた。

私は彼らの中で唯一まともに話ができそうな氷雨へ大股《おおまた》で近づいていく。

「アタシに何の用かしら」

氷雨はチェス盤から視線を外さないまま、私が声をかけるより先に気だるげに呟いた。

「このホテルを立て直したいんです。協力してくれませんか」

「なんでアタシが人間のアンタに協力しなくちゃいけないのかしら」

氷雨はこちらに一度も視線を向けないまま、上品な仕草でチェス盤の傍らに置いてあったティーカップを持ち上げると、ハーブが香る紅茶を口に含んだ。

「このままじゃ、ホテルが無くなってしまうと烏丸支配人から聞きました」

「ええ、そうねえ。さっきもシャンデリアが落ちたばかりだし」

「じゃあ、修繕しましょう。もしお客様が泊まっていて、怪我でもされたら大変です」

「大丈夫でしょ。妖《あやかし》は滅多に怪我なんてしないから。怒って帰るぐらいじゃない？」

「いや、それじゃ困るんです。せめてお客様を受け入れられるぐらいには綺麗《きれい》にしないと。一緒に掃除しましょうよ」

「そういうの、だるいのよね。爪は割れるし、臭くなるじゃない」

「ここはホテルですよ。ホテルマンとして、このままでいいんですか？」

そこで氷雨はカチャン、とカップをソーサーの上に戻し、ちらりと横目で私を見た。

「あのね。何か勘違いしてるようだから言っておくけど、アタシは八尋についてきただけ。他のコも全員そうだわ。ホテルマンになったつもりなんてこれっぽっちもないわよ」

「……な。じゃあ、ホテルがなくなってもいいってことですか」

「まあ、そこまで極端じゃないけどねぇ」

やる気が一切感じられない氷雨に、煮えたぎっていた感情がガスの火力を弱めるみたいに、みるみる萎《しぼ》んでいく。

「……じゃあ、せめて掃除道具を貸してくれませんか？」

だがそこで、今まで黙っていた氷雨の対戦相手である男が顔をあげた。

「人間は頭が足りないのか。支配人の座を八尋様から奪おうっていう魂胆の人間に、そもそも協力するわけなかろう？」

「そ、それは……」

「あと、その薬指の契約。アンタ、ちゃーんと意味理解してるの？」

「……どういう意味ですか？」

「八尋との契約内容、よく思い出してみなさい」

『――このホテルで百人もてなすまでは、君は私の妻だ』

八尋は確かにこう言った。……まさか。

「つまりこのホテルがなくなったら私は一生あの男の妻、ということ……、とか」

「八尋はそのつもりみたいね」

そんな。なぜあの男は私にそこまで固執するんだろう。

けれど、これは非常にまずい状況だということは理解できた。

……立て直さなければ。なんとしてでも。

「分かったら出て行ってくれるかしら。勝負に集中したいの」

氷雨のやる気のない声に悔しさが込み上げてきて、ぐっと唇を噛《か》む。私は黙って部屋から退出するしかなかった。

こうなったら、もう引き下がれない。まずはホテルの売り物である客室を綺麗にしよう。

フロントのカウンター裏で、雑に置きっぱなしになったままの鍵束《かぎたば》を手にして大階段を上っていく。二階にあがって廊下を進み、「二〇一号室」というプレートがかかる部屋の前に立ち、鍵を開けて中に入った。

二〇一号室は、基本的に一～二名様用のお部屋だ。

十帖《じょう》ほどの広々とした部屋は、気品の漂う木製のアンティーク家具で統一されていて、落ち着いた雰囲気でゆったりと体を休めて頂けるよう、インテリアにこだわっている。

大きなツインベッドに、二人がけのソファ。広めのバスルームに、景観の良いバルコニー。

そのどれもがセンスよく配置されていて、一歩踏み入ると異国のホテルのような、非日常を味わえる部屋……のはずなのだ。本来は。

しかし今ではベッドマットが剝《む》き出しのまま、いつ洗ったのかもわからない薄汚い布団がぐしゃぐしゃになって床へ落ちているし、ベッド脇のサイドテーブルの上には、おそらく従業員が使用したのだろう。食べかけのままの食器類がそのままになっている。

また、妖力が尽きたのが原因なのか、霧雨ホテル時代と比べて狭くなったように思える。

浴室を覗《のぞ》くと、美しく磨きあげられた大理石の床は、いつの間にか安っぽいタイル張りになっており、檜《ひのき》の浴槽は垢《あか》と黴《かび》でひどく汚らしい。

蛇口をひねると水道管が錆《さ》びているのか、赤い水がちょろちょろと流れ、お湯の栓をひねっても、いつまでも冷水しか出てこない。

まるでうらぶれた銭湯を、きゅっと縮図にしたような安っぽさである。

「……これじゃあ、お客が来なくて当たり前じゃない」

試しに他の部屋も覗いてみたが、結局二階と三階を合わせて四部屋にまで減ってしまった客室は、すべて同じ有様であった。

さらにリネン室や掃除道具などを収納している部屋まで消えてしまっているため、そもそも掃除道具自体があるのかも怪しい。

「……まいったなあ」

私は二〇一号室の前で腰に手を当てて、ため息を漏らした。

「これじゃ、掃除ができないわ……」

「──じゃあ、これ使いなよ」

突然私の独り言に応《こた》えるように、背後から声がした。思わず振り返ると、そこにはモップや掃除道具が入ったバケツを両手で持った少年が立っていた。

見たところ、十一、二歳といったところか。半袖《はんそで》のシャツに、サスペンダー付きの半ズボン、そして白いハイソックスを穿《は》いていて、どこか悪戯《いたずら》っ子ぽい印象を受ける。

だが、驚くべきことに彼の頭には獣のような三角の耳と、尻《しり》からは触り心地の良さそうなもっふりとした尻尾《しっぽ》が垂れていて、それがぱたぱたと左右に揺れている。

目を瞬《しばた》く私を見て、少し得意げに胸を反らすその仕草もまた愛らしく、「か、かわいい」と思わず本音が口をついて出てしまった。この耳と尻尾。くりっとした赤い瞳《ひとみ》。この子もきっと妖なのだろう。

「あなたも、ここで働いてるの？」

「うん。十四狼《とおしろう》っていうんだ。分からないことは俺に聞けばいいよ。なんでも教えてあげる」

彼は声変わりのしていない子供のような甲高い声でハキハキと言うと、だしぬけに私の方へと近寄ってきて、ずいっとモップを差し出してくれた。

「……あなたは私に協力してくれるの？」

「母ちゃんが死んだとき、俺を育ててくれたのは人間だった。だから人間は好きなんだ。あんたのことずっと見てたけど悪い奴じゃなさそうだった。だから俺が面倒みてやるって決めたんだ」

なるほど。烏丸に部屋を案内された時から、ずっと後ろに獣の匂いと視線を感じていたが、どうやら犯人はこの子だったようだ。

「ありがとう。あ、リネン室が消えてしまったようなんだけど、どこにあるか分かるかしら」

「消えてないよ。移動しただけ。俺が教えてやるよ」

十四狼は早速頼られたことに、分かりやすいほど嬉しそうに、その瞳を輝かせると、私の手をむんずと摑《つか》んだ。

例に漏れず、彼の手もとても冷ややかだったが、私は不思議と握られた力に安心するのだった。

十四狼はその日、根気よく私に付き合ってくれた。掃除は結局真夜中までかかってしまったが、彼のおかげで二〇一号室は見違えるほど綺麗になったのだった。

2

翌日。薄い布団に包《くる》まっていたためか、部屋の寒さにぶるりと体が震えて、私は目を覚ました。

ごろんと仰向けに寝転がると、見知らぬ天井が目の前に広がっていて、一体ここはどこだろうと瞼《まぶた》を擦《こす》りながらぼうっと思考を巡らせた。

じわじわと意識が覚醒《かくせい》していくにつれ、昨夜のやりとりが脳裏に浮かび上がって「ああ……」と小さく布団の中で呻《うめ》く。

そうだ。ここは霧雨ホテルだった。

寝心地がいいとは言えないベッドで眠ったせいか、全身が痛む。横になったまま伸びをすると、ミシミシと自分の体が軋《きし》んだ。

昨夜客室を掃除し終えたあと、さすがにこの汚い部屋では眠れないので、結局朝までかかって自分の部屋も掃除したのだ。

だが途中で力尽き、換気のために開けたままの窓を閉め忘れたせいで、部屋の中はすっかり冷え込んでしまったようだ。布団から這《は》い出ると、室内の異常な寒さにくしゃみが出る。

「ん？」

しかし昨日眠る時には、薄汚れた薄い布団一枚だけしか掛けていなかったはずなのに、いつのまにか見覚えのない毛布が掛かっている。

……まさか、知らない間に誰か入ってきたのだろうか？

しかしこのホテルは怪奇現象のデパートだ。今更これくらいじゃ驚かない。

深く考えてはいけない。私は頭を振って、ちらりと部屋の壁掛け時計を見やった。

朝六時……。結局数時間しか眠れていないが、このホテルを立て直すためには時間が惜しい。

眠たい目を擦って大欠伸《あくび》をしながら、昨日氷雨から受け取った制服に腕を通す。

と、そこで私は薬指の痣《あざ》に気づいて動きを止めた。

「……妻、かあ」

一日経って冷静になってみても、やはり妖と結婚したことが信じられない。

「……やっぱり早まったかなあ……」

＊＊＊

午後になるまで、私と十四狼はホテルの第一印象を左右する、一階と二階を掃除していた。

ボロボロになった壁紙や床板などは今すぐにはどうすることもできないので、とりあえずフロントのカウンターや、ラウンジのテーブルや椅子、大階段の手すりなど、目に見えるところをできる限り綺麗《きれい》に磨き上げていく。

本来ならば煌々《こうこう》と明かりをつけて華やかな印象にしたかったが、十四狼いわく妖《あやかし》は暗闇が好きだというので、今も館内は昼間だというのにやや薄暗いままだ。

その他にも、十四狼から妖について様々なことを教えてもらった。

彼らは人間とは異なる文字を書くこと、基本的に心臓が動いていないので体の温度が冷たいこと、妖は瞳の色が赤いこと、人間の世に紛れて生活している者もいること……などなど。

ホテルマンとして、お客様を接遇するにはあまりにも知らないことだらけだ。

昨日はああ言ったが、本当にここを復興できるのか、詳しく聞けば聞くほど不安になってくる。

そんな私たちを、時々すれ違う従業員たちは遠目から観察しているものの、皆一切手伝おうとはしてくれなかった。

少し悲しいが、元々妖と人間の距離なんてこれくらいなのかもしれない。

十四狼が手伝ってくれるからといって、他の従業員に甘えてはいけない。

立て直すと決めたのは、私自身の意志なのだから。

と、その時、私の隣で雑巾《ぞうきん》がけをしていた十四狼が、

「芽衣、俺もうヘトヘトだよ……」

そう言って雑巾を投げ出し、その場にぺたんと座り込んでしまった。

「そうね。少し休憩しようか、十四狼くん」

「うん。フロントに戻ってご飯食べたい……」

「私も何か食べたいけど……ここに食料はあるのかしら」

雑巾を絞って、バケツとモップをぶら下げながら十四狼と共に大階段を下りていった。

その間に、私はずっと引っかかっていた疑問をそろりと尋ねてみた。

「……ねえ、十四狼くん。烏丸支配人って、一体何者なの？」

「八尋様？　うーん、すごい人だよ」

「ええと、そうじゃなくて。情報というか、人となりっていうか。あんなおかしな仮面もかぶっているし……。顔になにか秘密でもあるの？」

「うーん、八尋様の顔は多分、氷雨の兄貴以外は誰も見たことがないと思うよ。なんでもあの仮面の下は腰を抜かすほど恐ろしい顔があるって皆噂してるぐらいだし」

「え」

「芽衣はそんな八尋様と結婚しちゃうんだもん、度胸あるよなあ」

思わず階段を降りる足を止めた。私ったら、そんなおっかない人と結婚してしまったのだろうか。

いや、確かにあんな仮面をかぶっている男と夫婦になるなんて自分でも正気の沙汰《さた》ではないと思ったが……。

「でも、恐いだけじゃないよ。八尋様は時間を操れちゃう、すごい能力を持ってるんだ」

「時間を？　妖ってそんなことができるの？」

「妖によっても違うけどね。八尋様は特別なんだよ。本当になんでも出来ちゃうの。このホテルに縛られてるから」

縛られている……？

だが、そこで私を振り返った十四狼はハッとしたように口元を手で押さえた。

「あっ、でも俺が言ったってことは内緒だよ。八尋様に口止めされてるから」

「……十四狼くん、ちょっとそれ、もっと詳しく教えてくれない？」

「い、いや、無理だよ」

「そこをなんとか」

「ううっ！　あっ、あれ？　なんかあったみたいだよ？　なんだろうあれ！」

十四狼は私の追及から逃れたいのか、慌てて話題を逸《そ》らすように、フロントを指さした。

私はその作戦にまんまと乗せられて、彼の指の先を視線で追う。確かに二、三人の従業員たちが正面玄関へと集まって、何やら外を眺めて立ち話をしていた。

「お客さんかな？」

「えっ！　お客様？」

十四狼の言葉で、私は居ても立ってもいられず階段を駆け下り、玄関口へと走っていった。

「待ってよ、芽衣！」

十四狼の制止も聞かず、転がるように従業員たちの間に飛び込んでいくと、その中によく知った顔がいた。

「あ。氷雨さん、おはようございます。何かあったんですか？」

「あら。オハヨ。なんでも久しぶりにお客が来たみたいなの。ほら、あそこ」

氷雨は興味がなさそうに言うと、窓の外を指さした。目を細めて指し示された先を見つめると、たしかに深い霧の中からこちらに歩いてくる人影が見える。

「泊めるの？」

「当たり前です！　ここで追い返したら、本当にこのホテルが潰《つぶ》れちゃいますよ！」

「焼け石に水だとは思うけどね」

掃除しておいてよかった。到底満足できるレベルではないが、昨日私が初めて訪れた時よりはマシになっているはずだ。

私は従業員たちを押しのけて、服の乱れを正しながら正面の玄関扉を開いた。

お客様はこちらに気づくと、ふっと顔をあげた。恐らく十代後半だと思われる容姿をした少年だ。

服装はTシャツにジーンズというラフなものであるが、両肩には見るからに重たそうなリュックを背負い、ボストンバッグを提げている。それがとても重たいのか、歩くたびに体がやじろべえのようにひょこひょこと傾いた。

艶《つや》のない黒髪はくしゃくしゃで、全体的にのっぺりとした青白い顔へ無造作に垂れ下がっている。その髪に隠れるようにして、カッターで一筋切ったような細い目に、赤い光が宿っているのが見えた。

彼もまた妖なのだろう。しかし、彼からは生気というものが感じられず、ひどい猫背も災いしてか、あまり好感の持てる印象とは言い難かった。

「ようこそお越しくださいました、お客様」

私は長年培ってきたお客様用の笑みを顔に張り付かせながら、ゆっくり少年へ歩み寄っていく。

「……ここが、僕たちも泊まれるっていうホテルか？」

「はい、霧雨ホテルでございます。お名前を頂戴《ちょうだい》しても宜《よろ》しいでしょうか」

「……斑目右京《まだらめうきょう》」

「では斑目様、お荷物をお持ちいたします」

斑目は私の言葉に頷《うなず》いて、まるで押し付けるようにバッグやらを手渡してきた。長年ホテルマンをしていたおかげで、こういうことには慣れているから今更戸惑いはしないが、手渡されたものはずっしりとした重みがあって、思わずよろめいてしまった。

万が一地面に擦りでもしたら大変だ。

「芽衣、俺が持ってやるよ」

玄関から遠目で見守っていた十四狼が、ぱたぱたっと尻尾《しっぽ》を振りながら駆け寄ってくると、荷物を半分肩代わりしてくれた。私は十四狼に礼を言いつつ、

「斑目様、本日ご予約はされておりますでしょうか？」

「いや、してない。噂を聞いてきただけだから」

「さようでございましたか。それでは、フロントでチェックインの手続きをお願い致します」

「……ああ」

斑目はどこか疲れたように、ふらふらとしながら私の案内に従ってホテル内へと踏みいった。

しかしその様子を、従業員たちはそれぞれ興味深そうに見つめているだけだ。誰も私と

十四狼を手伝おうとはしてくれない。

氷雨に至っては、もう興味を失くしたのか、ラウンジの椅子に腰をかけてマイペースに紅茶をすすっている始末だ。ついでにウェルカムティーを淹《い》れてくれたっていいのに。

心の奥で不満を溢《こぼ》すが、不機嫌な顔をしていたらお客様まで不快にさせてしまう。

そう思い直して、氷雨から無理やり目をそらす。見なかったことにしよう。

それよりもこのお客様にご満足頂ける接客をしなければ。

チェックインを済ませたら、部屋に案内して、それから館内の間取りを説明して……。

……と、私が頭の中でそんなことを考えていると、背後からずりずりと何かを引きずる音がして振り返った。

「ひっ！　十四狼くん、お荷物を引きずっちゃダメ！」

「だってー、これすげえ重いんだもん」

とんでもない発言に血の気が引いていく。確かにとても重たかったのはわかるが、お客様のお荷物になんてことを……！

素早く十四狼から荷物を引き取り、土がついていないか確認していると、

「ああ。いいよ、僕の荷物なんか」

「……え」

斑目は特に不機嫌になったというわけでもなく、ただ投げやりな言葉を放ち、すぐ背中

を向ける。

……何か様子がおかしいような気がする。

フロントへ戻って、荷物置き場にバッグやリュックを置き、カウンターの中に入って宿泊票を取り出した。

「今回は何日までご滞在予定でしょうか」

「……五日くらい」

そんなに！　いきなり上客じゃないか。

内心ガッツポーズをしながらも、顔には出さないよう注意しつつ、

「ありがとうございます。では、こちらに必要事項をご記入ください」

斑目が淡々と空欄を埋めていくのをちらりと覗《のぞ》き込む。そこには見たことがない文字が書き連ねられていたが、烏丸と契約しているためか、不思議とすらすら読むことができた。

妖も個人情報というものがあるのだな。

生まれ年が見たこともないような年号な上、名前も『表名／斎藤耕助《さいとうこうすけ》　真名／斑目右京』と二種類記入されている。

後に表名というのは人間に紛れて生活する際に使用する名前で、真名というのが彼らの本当の名前なのだと氷雨から教えてもらった。

住所は都内の品川《しながわ》駅の近くで、職業は高校生と記入されている。自然なほど、妖《あやかし》は人間

社会に溶け込んでいるようだ。

「これでいい？」

ぶっきらぼうに返された宿泊票を受け取り、担当者名の欄に「折原」と書き込んだ。

すると、記入した文字が青白く発光し、斑目と私の小指に青色の糸が絡みついたのが視えた。

それは瞬《まばた》きする間もなく一瞬でかき消えてしまったが、じんわりと左手の小指が熱を帯びた。

これも後にお客様と担当者を繋《つな》ぐ契約糸なのだと氷雨から教えてもらった。

「それでは、お部屋までご案内致しますね」

いそいそと棚からルームキーを取り出し、斑目のバッグを背負い直す。

「芽衣、俺も俺も。今度は引きずらないから」

「ありがとう、十四狼くん。じゃあ、これお願い」

いつの間にか足元にいた十四狼に、一番軽い荷物を預け、連れ立って二階にある客室へと向かった。

その間、館内の間取りや夕食の時間や浴場について（掃除していないので、現在は故障中と説明した）などを簡単に伝えていったが、斑目は終始ぼんやりとしていて、「ああ」「うん」などと生返事を繰り返すばかりである。

本来ならば、こういう時にお客様とコミュニケーションをとるようにしているのだが、どうやら話をする余裕もないほど疲れているようだ。ここはそっとしておいたほうが良いのかもしれない。

それとも、妖は元々こういう気質なのだろうか？

「お部屋はこちらとなります」

案内したのは十四狼と二人でせっせと磨き上げた二〇一号室だ。扉を開けると、斑目はぐるりと部屋の中を見回し、

「……ふうん。このホテルは安いけど質は最悪って聞いてたのに、意外と綺麗《きれい》だね」

「……ありがとうございます」

斑目が気に入ってくれたようでまずは一安心ではあるが、同時にそこまでこのホテルの評判が悪いことに軽いショックを受けた。

「それでは、何かありましたら、内線九九九までお電話してくださいませ」

「ませー」

私は十四狼と共に頭を下げて、部屋の扉を閉めようとした。と、

「ちょっと待って」

「どうなさいました？」

「……なあ。あんた人間だよな。まさか人間がいるとは思わなかったよ」

「えっ、あ。……まあ、自分でもそう思います」

「どうやってここに就職したんだ？」

いきなり突飛な質問をされて、意図が分からず首を捻《ひね》る。

すると私の様子を見て、斑目は気まずそうに視線を逸《そ》らした。

「……あ。いや、悪い。おかしなことを聞いた。もう行っていいよ」

「……はあ。……そ、それでは失礼致します」

……どうしたんだろう？

＊＊＊

私と十四狼は早足でフロントへ戻り、そのままカウンター脇にあるガラス扉の前で立ち止まった。

「ダイニングルーム」というプレートを確認して扉を開くと、そこはかつて紳士淑女の社交場とも言えるメインダイニングが広がっていた。

それぞれ脚や角にお洒落《しゃれ》な装飾が施された椅子とテーブルが十脚ほど置かれおり、庭を一望できる大きな窓には、鮮やかな真紅のカーテンがかかっていた。

ダイニングの内装は、祖母がこだわりぬいたデザインになっていて、特に壁紙は王侯貴族たちの城館に使っていたという、金唐革を模した金唐革紙で統一されている。

金色に輝く壁紙は、開放感のあるダイニングをより一層美しく引き立ててくれる。

しかしその優美だった内装のデザインとは裏腹に、今のダイニングには全体的に暗く澱《よど》んだ空気が溢《あふ》れて、テーブルクロスはくすみ、部屋の隅には大きな蜘蛛《くも》が我が物顔で巣を張っていた。

また、床には割れた皿や、何かをこぼしたシミがあり、一見美しく見えたカーテンも、はたけば埃《ほこり》がぶわっと舞い、大きな窓も指紋だらけで白く濁っている。

がらんとしたダイニングは静まり返っていて、私と十四狼の足音だけが反響した。

……この様子だと食材はおろか、調理人もいないんじゃないか？

重ねて言えば、このホテルで果たしてまともに調理ができるのかも怪しい。

そしてなにより、私がお客様に満足してもらえる食事が作れるのかは分からない……。

まずい。完全に失念していた。

「どうしたんだ、芽衣。顔色が悪いぞ」

「十四狼くん、一応訊《き》くけど……料理っていつもどうしてたの？」

頼む、せめて調理人がいると言ってくれ。半ば願うような思いで十四狼に訊《たず》ねると、

「ああ。料理はいつも登喜彦《ときひこ》が作ってたよ。まあ、アイツなら協力してくれるんじゃないかな」

「え、本当？」

「うん、こっちだよ。ついてきて」

十四狼に案内されるまま、ダイニングの一番奥へ早足で進んだ。すると、意外なことにダイニングと厨房《ちゅうぼう》を隔てる扉の下からは、うっすらと明かりが漏れていた。

「ああ、良かった。ちょっとご挨拶《あいさつ》を……」

「芽衣、ストップ！　ここだけは入っちゃダメ。登喜彦がすっごく怒るから」

「えっ、そうなの？」

慌てて扉にかけていた手をひっこめる。

するとと私たちの声が聞こえたのか、扉の向こうから近づいてくる足音がした。少し緊張しながら待っていると、扉の中央部分に、郵便受けを正方形にしたような小窓がついていて、それがカパッと開かれた。

身をかがめて覗き込むと、コックコートに身を包んだ何者かが立っているのが見えた。

「登喜彦、新人の芽衣だよ！」

「は、初めまして。その、ご挨拶もそこそこで申し訳ないんですが、お客様がお一人お見えになったので、お夕食を作ってもらえませんか」

おずおずと切り出したものの、料理人……登喜彦は黙ったままだ。やはりダメなのだろうか、と固唾《かたず》を飲んで返事を待っていると、

「芽衣、どんなメニューがいいかって訊いてるよ」

「えっ？　……えっと、若い男の方なんです。でも少し元気がないようで。ですので、元気が出るような美味《おい》しいご飯とか作ってくれると、嬉《うれ》しいな……なんて」

登喜彦は私の言葉を聞いているのかいないのか、ただずっと黙っている。だが、

「時間は？　って訊いてるぞ」

「私には何も聞こえないんだけど。……十九時頃でお願いしたいのですが」

すると、やや乱暴に小窓が閉じられた。びくっとして思わず身を引いた。

「よかったね、作ってくれるみたいだよ。久しぶりにお客様が来て喜んでる」

「全然喋《しゃべ》らないのによくわかるわね」

「えー。登喜彦は八尋様より、よっぽど分かりやすいと思うけどなあ」

「そうかしら……。でも助かったわ。十四狼くん」

「いやいや。かわいい後輩のためだからな」

十四狼はふふん、と鼻を鳴らして、自慢げにもっふりとした尻尾《しっぽ》をぱたぱたと振った。

私たちがそんな会話を交わしているうちに、厨房からは調理器具が重なり合う音が聞こえてきた。どうやら気合を入れて作ってくれるようだ。

「私も頑張らなきゃ」

幸いお客様は斑目だけなので、一番マシなテーブルと椅子をダイニングの真ん中に設置

し、見た目は悪いが、他はできるだけ隅っこへと押しやって、上から大きな布を被《かぶ》せて隠した。

だがテーブルに備え付けるべきナプキンの予備もなく、調味料もいつ使ったのか分からないものばかりだったので、登喜彦に言って新しいものに替えてもらった。

ふわんふわんと、不安定に明滅を繰り返す電灯は、今だけほかの部屋のものと交換し事なきを得る。他にもできる限り二人で見栄えをよくするために動き回っていると、いつの間にか時計は十九時を指していた。

ややあって、ダイニングの扉が開く音がして、モップがけをしていた私と十四狼は慌てて姿勢を正した。

「……飯、できてる？」

だが、そう言って入ってきたのは、やや太めの眉《まゆ》に、とろんとした一重瞼《まぶた》の赤い目、そばかすだらけの頬、そして分厚い唇をした若い男だった。

その顔に見覚えがなく、私たちは思わず首を傾げる。しかし髪形や声、背格好に着ている服は紛れもなく斑目のものであった。

「……斑目様ですか？」

「そうだけど」

顔が変わってる……？　そんなことがあるか？

だが相手は妖だ。何があっても驚いてはいけないのかもしれない。

私は斑目にお詫《わ》びをしつつ、テーブル席へと案内した。そして厨房へと向かう途中で、後ろからついてくる十四狼に、

「十四狼くん、妖ってころころと顔を変えられたりできるの？」

「えー？　うーん。少なくとも俺には無理だよ」

「そうよね……」

首を捻りながら厨房へ向かうと、すぐに登喜彦が小窓から前菜と思われる料理を差し出してくれた。

白い皿の上には赤みがかったスモークサーモンが盛り付けられており、その周りに色鮮やかなみずみずしい冷菜が添えられている。季節を意識しているのか、僅《わず》かに桜の香りが鼻腔《びこう》をくすぐった。

「わあっ、美味しそうですね」

私が差し出された料理を前にして思わず声をあげると、続けて手のひらに収まるぐらいの小皿が小窓から出てきた。恐らく味見してもいいぞ、ということなんだろう。

「わあ！　ありがとうございます」

添えられたスプーンですくい、わくわくしながら一口含む。

「んんっ！　な、なにこれっ」

まるで度数の高いウィスキーを一気に呷《あお》ったような刺激が脳天をビーンと突き抜けていって、あやうく腰が抜けそうになってしまった。

それを傍らで見ていた十四狼が「やれやれ」と言った様子で首を振る。

「人間が妖力の込められた料理を食べたらそうなるに決まってるじゃん。貸して。俺が食べるから」

「私は食べられないのね……」

せっかくこのホテルでようやくまともな物を見たような気がしたのに……。

「登喜彦なら人間用のご飯も作れると思うから、あとで頼んでみたら？」

私は渋々小皿を十四狼へ渡し、おとなしく斑目へと料理を運んでいった。

「お待たせいたしました……ひゃっ！」

しかし斑目の顔を見て、思わず悲鳴をあげてしまった。おしぼりで拭《ふ》いていた斑目の顔が、まるで溶けたように凹凸がなくなり、平面となった肌色の皮膚だけになっているのだ。

斑目は私の方にちらりと顔を向けると、頭をぽり、と掻《か》いた。

そうして、思わず口元を押さえる私の目の前で、彼の顔に目や鼻が浮かび上がってくるかのようにじわじわと形成されていった。それは、初めてこのホテルを訪れた時と同じ、見覚えのある糸目の顔であった。

「……そうだ、あんた人間だったたね。ここには人間がいないから、つい気を抜いた。油断すると顔が崩れやすくて。驚いた？」

斑目はそう言うと、私へ向かってひょこっと頭を下げた。

そうか、彼は「のっぺらぼう」だったのか。

「……顔を変えたら誰だかわかんないよな」

「え。あ、あの……いえ！　大変失礼致しました」

「いいよ、別に。それより夕飯、桜の匂いがする。いい香り」

私は料理が載った皿を斑目の前へ置くと、彼は待ちきれないといった様子で、すぐにナイフとフォークを慣れた手つきで扱いながら、一口一口味わうように口へ運んでいく。

「なかなか美味《うま》いな。じいさん家《ち》では和食ばっかりだから、ちょっと新鮮だ」

「じいさん？」

「……ああ。じいさんって言っても、僕の家族ってわけじゃないけど」

彼はたったそれだけ小さく呟《つぶや》くと、そのあとは夕食が終わるまでずっと黙り込み、一切口を開こうとはしなかった。

最後にこのホテルの庭で採れたという氷雨愛用のハーブティを飲み干すと、斑目はすぐさま席を立ち、

「ごちそうさま。美味かった」

一言そう小さく呟いて、背中を丸めて部屋へ戻ってしまった。

……その後ろ姿が少しだけ寂しそうに見えたのは、気のせいだろうか。

3

「おはようございます、斑目様」

「おはよー、斑目のお客様ー」

朝早くからフロントにやってきた斑目は、昨夜とはまた異なった顔になっていた。

「ちょっと出かける。鍵《かぎ》を預かって欲しい」

彼はしわ一つない上下のスーツに身を包み、髪をかきあげるようにして横に流し、涼しげな目元が印象的な美青年へと変化していた。

身長や体形は変わらないものの、こうしてみると二十代後半のように見える。

「お戻りは何時頃でしょうか」

「夕方ぐらいかな」

「ベッドメイキングはいかが致しましょう」

「ああ……。そうだな。お願いするよ」

「かしこまりました。お気をつけていってらっしゃいませ」

「行ってらっしゃーい」

斑目が霧の中に消えていったのを見届けると、早速私たちは掃除道具をバケツに入れて、はたきとちりとり、そしてリネン室から持ってきたシーツなどを小脇に抱えて、斑目の部屋である二〇一号室へ向かった。

「客がいないときに入るのって、泥棒みたいでそわそわしちゃうなー」

「今までだってベッドメイキングぐらいしたことあるでしょう?」

「ん? なにそれ?」

あっけらかんと言い放つ十四狼の返答に、頭が痛くなる。

本当にこのホテルはサービスというものがなっていない。

スペアキーで扉を開くと、十四狼は興味津々といった様子で柔らかい尻尾を左右に振りながら部屋へと踏み入っていく。

妖《あやかし》が泊まる部屋の空調は十度という寒さのため、扉を開いた瞬間はぞっとするような冷気が漏れてくる。

「うわっ、寒っ!」「うわっ、汚っ!」

私と十四狼は同時に声をあげた。

部屋の中はツインのベッドシーツはぐしゃぐしゃ、布団も起きたまま出かけたのだろう。

壁際に丸め込まれており、そこへ覆いかぶせるように、こちらで用意したバスローブも適当に放っぽり投げてある。

サイドテーブルの上は飲みかけの水が入ったグラスに、アメニティであるハーブティの茶葉がこぼれていた。さらに開けたままのお菓子の袋、散らばっているスリッパに、ハンガーにもかけずにソファへ投げ出されているTシャツとジーパン。

浴室もバスタオルとフェイスタオルがびしょびしょのまま、無造作に浴槽の縁にかけてあった。

「すげー散らかってるな」

十四狼はそう言って、斑目の服を畳もうと手を伸ばす。

「あ。お客様の物には触っちゃだめ。私たちが触れるのはあくまでもホテルのものだけにしておいてね」

「えー。畳んでやったほうがいいじゃんかー」

「そういうのを嫌がるお客様もいるの」

掃除をする過程で物の位置をずらしたり、落ちているものを拾うのは当然のことだが、一見無造作と思われるものでも、お客様の中には自分なりの『ルール』を持っている方もいる。

そのルールを客室清掃係が無遠慮に破ると、不快感に繋《つな》がってしまうのだ。

また、なかには貴重品を置きっぱなしにして出かける方もいるので、不用意に鞄《かばん》や服には触らないようにしている。盗難騒ぎ防止のためである。

まあ、これは私が働いていたホテルで教わったことだから、果たして妖たちに対してどこまで同じかはわからない。けれど基本を疎《おろそ》かにしては、おそらくご満足頂ける接客はできないだろう。

「十四狼くんは、とりあえず浴室を掃除してくれるかしら」

「えー。一日だけしか使ってないのに掃除すんの？　宿直室の風呂《ふろ》なんて、もう何年も洗ってないぞ」

「……それはそれで問題だと思うわよ」

十四狼に風呂用の洗剤とデッキブラシを渡すと、なんだかんだ言いながらも鼻歌混じりに掃除する音が聞こえてきた。

「使いかけの歯ブラシとか、石鹸《せっけん》は新品を補充しても捨てないでそのままにしておいてね」

「ええー。なんでー。捨てていいじゃん」

「だめだめ。一度使ったもののほうがしっくりくるっていうお客様もいるんだから。あと、ドライヤーとかの位置も移動しちゃだめよ」

「ふうん、そうなのかあ」

十四狼に声をかけながらも包まった布団を広げる。すると、意外なものが布団の下から出てきた。

……写真立て？

ハガキサイズの写真立てには、笑みを浮かべた優しげな初老の男性が写っている写真が入っていた。

おそらく、斑目がダイニングで言っていた「じいさん」なのだろう。

枕元に置いて眠ったのか、もしくは抱いて寝たのか。どちらにせよ、とても大切なもののようだ。

落とさないよう、サイドテーブルの上に置いておき、私は一気にベッドシーツを剝《は》がしていった。

シーツの中心にピローケースとアッパーシーツ、フェイスタオル、バスタオル、足拭《あしふ》きタオルにバスローブを放ると、包み込むようにして丸めて部屋の外へ出した。

こうすれば汚れた布を効率よくリネン室へ運び込めるのだ。

新しいシーツやピローケースを数分とかからず張り替え、仕上げにベッドメイキングを終えた布団の上へ、新しく下ろしたバスローブを畳んで置いておいた。

部屋の中で一番大きい家具であるベッドが綺麗《きれい》に整うと、室内の空気が少しだけパリッとする。

次に貴重品が机やベッドの下に落ちていないかを確認しながら、目に見える大きなゴミを手で拾っていく。

最後に部屋の中に置かれているゴミ箱に手をかけると、

「芽衣ー。浴室掃除、終わったぜー」

と、浴室から十四狼がひょこっと顔をのぞかせた。

「ちゃんと水滴も拭き取ったぜ」

「ありがとう、十四狼くん」

十四狼は濡《ぬ》れた素足を拭いながら、てててっと近寄ってくると、私が持っていたゴミ箱を見て、「あっ！」と声を発した。

「なあ、芽衣。これが人間の求人雑誌ってやつか？」

十四狼に言われて中を覗《のぞ》くと、たしかにフリーペーパーとして配布されている求人情報誌が丸めて捨てられていた。

十四狼は興味深そうにそれを取り出し、

「へえー。いろんな仕事があるんだなあ。いいなあ、楽しそうだなあ」

と言いながらパラパラとページをめくっていく。

「妖も働くのね」

「そりゃそうだよ。一人暮らしするなら、お金が必要じゃん」

至極現実的な答えが返ってきて、思わず苦笑する。

「俺たちだって、一応八尋様からお給料もらってるしな。俺らの間では妖力だけどさ」

なるほど。妖にとっては、妖力こそが力であり、通貨であり、権力のようである。

「俺もいつか人間と働きたいんだあ。でも、氷雨の兄貴が許してくれないんだよなあ……」

「意外ねえ。氷雨さんなら、結構自由にさせてくれそうなのに」

「氷雨の兄貴はああ見えてすっげー過保護なんだよ。……って、ん？　斑目、これに応募したのかな？」

「……え？」

十四狼が指さす記事を見ると、寮付きのバイトばかりが赤丸で強調されていた。あまりお客様の個人情報を盗み見るのはいけないと思いつつも、つい好奇心が働いてしまう。

ゴミ箱の中身を横目で見ると書き損じの履歴書や、切り取った形跡のある証明写真の縁まで捨ててあった。

「……お仕事を探しているのかしら」

言いながら、部屋の隅に置かれた荷物の山を見つめる。あの量から推測するに、恐らく新天地を目指しているのではないだろうか。

今朝のスーツ姿を考えれば、彼は何かしらの事情があって行き場がなくなり、就職活動に精を出しているのだろう。

ちらと、サイドテーブルに置いた写真立てに目をやった。

『──じいさんって言っても、僕の家族ってわけじゃないけど』

あの人は、一体誰なんだろうか。

＊＊＊

夕方。暗い表情でホテルへ戻ってきた斑目は、フロントで鍵を受け取る間も私たちと一切目を合わせないまま、部屋へと逃げるように戻っていってしまった。

なにかあったんだろうか？ 私と十四狼が顔を見合わせていると、すぐに彼の部屋からフロントへ内線がかかってきた。

内容は部屋食にしてほしいといったもので、私はすぐに厨房《ちゅうぼう》へ向かい、登喜彦に部屋でも食べられる料理を作ってもらうことにした。

十九時を少し回ったところで、十四狼と共に料理を載せたトレーを両手で持ちながら、二〇一号室へと向かった。

「斑目様、お食事をお持ちしました」

こんこんと扉を叩《たた》きながら声をかけると、ややあって開かれた扉から、大人びた青年の顔がのぞいた。かなり疲れているようで、切れ長の目元には隈《くま》が広がっている。

「……ダイニングに行く気力すらなくてな……。わざわざ、ごめん」

「お気になさらず。お部屋に入っても宜《よろ》しいでしょうか？」

斑目はこくりと頷《うなず》き、扉を手で押さえてくれた。そうして私たちが部屋に入ると、

「……あと掃除、ありがとう」

ぽつりと礼を言われて、私はにっこりと微笑み返した。足元の十四狼も嬉《うれ》しそうに尻尾《しっぽ》をぶん！　とひと振りする。

「とんでもございません」

にやけそうになる表情を引き締めながら、料理の説明を交えながらテーブルへ皿を置いていった。

今日は和食を食べ慣れていると言っていた斑目のため、和食を用意した。炊きたての白米に、あさりの味噌汁《みそしる》。盛り合わせの天ぷらは揚げたばかりで、薄い黄金色の衣に油が染み込み、じゅわじゅわと音を立てている。見るからにさっくりとしていて美味そうだ。

「こちら、食べ終わりました頃に次のお料理をお持ちしますので」

「ああ……そうなんだな。ありがとう」

しかし、斑目は椅子の背もたれに身を預けたまま、箸《はし》すら持とうとしない。

それどころか、本人は気づいていないようだが、徐々に彼の顔が溶けたアイスのように

崩れていった。しかしその溶けた肌の下から再び浮き出るように現れたのは、あの糸目の顔であった。

私は、これが斑目右京の本当の顔なのではないかと思った。

彼がこうして悩ましげに考え事をしているときには、この顔が必ず現れるからである。

「あの。斑目様。……私は人間ですので、人間のことはある程度分かっているつもりです」

「え?」

「だから……その、何かお力になれることがあればお申し付けくださいませ。……お家《うち》を出てこられたのなら、きっとご不安でしょう」

差し出がましいかな、とは思いつつ、斑目の顔をちらりと窺《うかが》った。

「……なんで分かった」

「そりゃ分かるよ、あんなにいっぱいの大荷物に、求人雑誌まで捨ててあったし!」

私の言葉を代弁するように、十四狼は胸を反らして、ちょっと生意気そうに言った。

「……ああ。見られたか……。ま、あれを見りゃそうだよな」

斑目は少し自嘲《じちょう》気味に笑うと、ふう、と深いため息をついた。そうして、座ったまま私と十四狼を見上げ、

「……ちょっと聞いてくれるか」

私は頷いて、十四狼を膝《ひざ》に抱えるようにして、斑目が座る向かい側へと腰を下ろした。

斑目は天井を仰ぐと、懐かしむような口調で語りはじめた。

「僕は存在してから、もう百年以上は経つ妖《あやかし》なんだ」

いきなり桁外《けたはず》れの告白だ。

「けれど元々そこまで妖力を持っていた妖じゃあなかったから、十五年前、人間の世に迷い込んだことによって妖力がほぼなくなってしまったんだ。幸か不幸か人気のない田舎道だったから、大事にはならなかったんだがな」

「ああー、やっぱり人の世は妖力たくさん使うんだなあ」

十四狼は考え込むように、私の腕の中でううんと唸《うな》った。

「……そんな時、たまたまじいさんに声をかけられたんだ。じいさんは僕をそのまま家に連れて帰って介抱してくれてな」

なるほど。「じいさん」とはそういう繋《つな》がりだったのか。

「本当は妖力が回復したら、すぐこっちに帰ってくるつもりだったんだ。だけど、じいさんが帰る場所がないなら、しばらく家にいたらどうだ、って提案してくれてさ」

「へー。やっぱ人間っていいやつばっかだなあ！」

十四狼がぱたぱたと尻尾を振る。だが、斑目は少しだけ悲しそうに笑うと、

「違うよ。たまたま僕が形成した十歳ぐらいの顔が、じいさんの死んだ孫そっくりだったんだ。だから、じいさんは僕のことを助けたんだよ。ほらこれ。参考写真」

そう言って斑目はおもむろに首元につけたロケットをたぐりよせると、カチンと開いて中を見せてくれた。そこに入っていた写真には、目の前にいる斑目とは似ても似つかない少年が写っていた。

「これがじいさんの孫。僕はいつもそいつの顔に化けて生活してんだ」

「……辛《つら》くねえのか？」

「最初は別にそれでも良かったんだ。助かったのは事実だし。孫の顔をして、そばにいてやればじいさんが喜ぶんだし。それでじいさんの気が晴れるならいいと思ってた。でも最近、じいさんは全然僕を見てくれなくなった。視線を合わしてもくれないんだ」

「……」

「きっと僕の顔を見るのが嫌なんだ。じいさんが見たいのは、孫の顔だ。ずっと変わらない、じいさんの記憶の中で生き続ける大切な孫の顔なんだ」

斑目は心情を滔々《とうとう》と吐き出す。

感情がぶれると、顔にも影響が出るのか、彼の顔は再び醜く歪《ゆが》んでいった。

「僕の顔は、そもそも人間の成長スピードに合わせて、その場で形成しているだけにすぎない。僕はもう人間でいうところの十五歳。じいさんが大切にしていた孫の顔とはかけ離れているんだろうよ」

「斑目様……」

「僕は、ずっとじいさんのそばにいたのに、じいさんは本当の僕の顔なんて一度も見たことがない。じいさんがそばに置いておきたいのは、僕じゃない。孫の顔をした僕だったんだ」

「だから、お家を出たんですか？」

「ああ、そうだ。僕はじいさんの孫にはなりたくない。自分をじいさんの前で偽るのはもう嫌なんだ」

「……」

「人間っていうのは、苦しいほどに過去を忘れないんだな……もう僕の帰る場所はないんだ」

斑目はやるせなさそうなため息を一つ零《こぼ》したのだった。

＊＊＊

その日の夜、業務を終えた私は自分の部屋へ戻るため大階段を上っていた。そこまで体重をかけたわけではないのに、踏み面に足を乗せただけで、館全体がぐらぐらと揺れたような感覚がする。

もっとお客様を泊めて満足してもらわないと、すぐにでも崩れ落ちてしまいそうだ。

斑目の顔が頭をよぎる。

……お祖母《ばあ》ちゃんなら、こんな時どうするだろうか。

「……あ、そうだわ」

このホテルの地下には祖母が書斎として使用していた資料室があるはずだ。文字を書くのが好きだった祖母のこと。きっと手記や日記が残っているはずだ。

祖母の言葉に触れれば、何かしら手がかりがつかめるかも知れない。

私は一階へと戻り、そのままダイニングの扉を通り過ぎて棟の突き当たりへと向かった。そこには、記憶通り狭い階段が闇の中へ誘うように延びていた。

躊躇《ためら》いつつも、踏み板に足を乗せて、一段一段ゆっくりと降りていく。薄暗い地下道の底冷えするような冷気が漂ってくると、ほの暗い沼に足を差し入れていくような気味の悪さを覚える。

この地下は元々住み込みで働く従業員たちの部屋や、食料庫、ボイラー室に衣裳《いしょう》室などホテルを裏で支える部署がずらりと並んでいる。

また霧雨ホテルはもともと結婚式をあげることもあったため、この地下道から従業員たちが簡易に移動できるよう、離れのチャペルの裏口へと繋がっている。

……そういえば、チャペルの様子もあとで見に行かなくては。

そんなことを思いながら、石壁に覆われた薄暗い一本道の地下道を進んでいくと、やがて右側に「資料室」とプレートがかかった部屋があった。

だが、誰もいないとばかり思っていた資料室の扉の下部からは橙色《だいだいいろ》の光が漏れていた。

まさかこんなところに来る勉強熱心な従業員なんていただろうか、と内心失礼なことを思いながらも、恐る恐る扉を開くと、

「……何だ。足音がすると思えば、君だったのか」

そこには銀の仮面をつけた烏丸が本を片手に立っていた。咄嗟《とっさ》にそのまま扉を閉めようとすると、

「何をしている。入ってきなさい」

「……烏丸支配人こそ、こんなところで一体何を？」

「資料室に本を読む以外の理由で来るか？」

たしかに、と頷く。でもこんな場所で鉢合わせするとは思わなかった。

普段、烏丸は三階の自分の部屋でもある支配人室から滅多に出てこず、今までろくに顔を合わせずやってきたというのに。正直、この狭い部屋で烏丸と二人きりになるのは非常に抵抗があった。

だが、ここまで来たのに戻るのも……と思い直して、おずおずと部屋に踏み入って、後ろ手に扉を閉めた。しんとした静寂が落ちる。

何か口出しされるかと思ったが、烏丸は私を気に留める様子もなく、パラパラと本のペ

ージをめくっている。

僅《わず》かに安堵《あんど》して、私も目的の書物を物色した。

大体六畳ほどの資料室は、四方の壁を覆いつくすように本棚がずらりと並んでいる。それだけでは足らず、その本棚の前に腰ぐらいまで積み上がった書物の山があちこちに出来上がっていた。

それらはホテルの過去の宿泊帳はもちろん、祖母の手記や、愛読していた経営書、参考書なども混じっていて、題名を見ただけで頭が痛くなるものばかりである。

ここに手がかりになるものがあるだろうか……。本の山を崩さないよう、慎重に間を縫って、私はとりあえず適当に目に付いた一冊を手に取った。すると、

「ここに斑目を満足させる手がかりがあるとは思えないがな」

突然、烏丸が私に背を向けたまま重々しく言った。

「なんで私がここに来た理由が分かったんですか」

「やはりそうか。もう諦《あきら》めろ。このホテルは、あと一ヶ月で営業終了だ」

「またそんな事を言って。まだ分からないじゃないですか」

「明らかだと思うぞ」

烏丸はそこで読んでいた本を閉じると、ゆっくりとした動作で振り返る。

「……斑目のことで、ここまで来るなんて。そんなにこのホテルが大切なのか？」

「……ホテルのためだけじゃありません」

「ほう？」

「もちろんホテルのことは大切ですが、お客様が思い悩んでいるのを放っておけないんです」

「それはホテルマンの領域じゃないな」

「領域とか、仕事だからとか、そういう線引きをするつもりはありません。私はお客様に家族として接したいと思っているんです」

「家族？」

「ホテルはお客様にとって、居心地のいい第二のお家だと思ってもらえることこそ、至高だと思ってます。現実とは乖離《かいり》した、非日常をお客様には心から堪能《たんのう》してもらいたいんです」

「……」

「その中でお客様が何か悩んでおられるのなら、時には家族のように思いやって、出来る限りのことをする……それがお祖母ちゃんのホテルマンとしての信条で、霧雨ホテルの方針だったんです」

「なるほど。美空らしい」

烏丸は形のいい口元を歪めて、微笑みを浮かべた。

「お祖母ちゃんのこと、よくご存じだったんですね」

「……過去のことだ」

だが祖母の口からは、仮面をかぶった客のことなど聞いたことがないし、烏丸八尋という名前にも、一切心当たりはなかった。

……この人は、本当に誰なんだろう。

烏丸は持っていた本をいたわるように棚へ差し戻すと、流れるような動作で私の方へと近寄ってきた。

「斑目のことが知りたいか」

「……えっ！　烏丸支配人、何か知っているんですか？」

「いや。正確には知ることができる。私には『視える』からな」

視える……？　どういう意味だろう。

「知ってることがあるなら、教えてください」

だが烏丸は私がそう言うと薄い唇を吊り上げて、まるで茶化すように、

「どうしようかな」

「……なっ！　なんでそんな意地悪なことを言うんですか」

「当然だろう。私と君は夫婦とはいえ、このホテルの権利をめぐって争っているんだ。私にとって、君は敵でもある」

言われてみればたしかにそうだ。でも、

「じゃあ、どうして私を妻にするなんて言ったんですか。私が目障りなら、あの日あのまま追い返せばよかったはずなのに。初対面の私と結婚するなんて、やっぱりおかしいですよ」

「初対面、か。君は残酷な女だな」

やれやれと、烏丸は呆《あき》れたように首を振る。

「……やっぱり私とあなたは面識があるんですか？」

「さあ、どうかな」

「……この間から思わせぶりなことばかり言って。私があなたのことを忘れてしまっているのだとしたら謝りますが、言いたいことがあるなら直接言ってください」

思わず責め立てるような口調になってしまった。しかし烏丸は一切身じろぎせず、それどころか妙に嬉《うれ》しそうな声音で、

「そういうところが、本当に美空にそっくりだ」

「な……」

言葉に詰まった私に構わず、烏丸はコツコツと足音を立ててこちらに近づいてくる。物言わず近寄ってこられると、やはり恐ろしくなって後ずさりした。しかし背後には本棚があって、逃げることができない。表情の読み取れない銀の仮面に見下ろされ、喉《のど》の奥から

ひゅぅっと声が漏れた。

「取引をしようか」

「……と、取引？　何と何をですか？」

「今後私のことは烏丸支配人ではなく『八尋』と呼びなさい。そうすれば、斑目のことを教えてやろう」

「……はっ？」

あまりにも意外な言葉に、気の抜けた声が出てしまった。

「どうしてそんな条件を？」

「……どうしてだと思う？」

「いや、その……」

質問をしているのは私なのに、と思ったが声に出すことができない。押し黙っていると、烏丸は私の頭の脇へ手を置いた。そうして少し前かがみになって、私の顔を覗《のぞ》き込んでくる。無機質な仮面の奥で揺れる二つの緋色《ひいろ》の視線が、私をじっと捉《とら》えていた。

……不気味だ。やはり、この男は恐ろしい……。

「どうする」

「……あ、あの」

「さあ、呼びなさい」

「……。や、」

ごくり、と生唾《なまつば》を飲み込んでから、

「――八尋、さん」

「――それでいい」

烏丸……いや、八尋は満足そうに囁《ささや》くと、初めて白い歯をわずかに見せて笑った。そしてあっさりと身を引いて私から離れると、

「斑目が触れたものは持っているか？」

「え？……ああ、はい。回収した客室のペンなら。インクが切れていたので、捨てようと思っていたんです」

「貸してみなさい」

言われるがままペンを差し出す。受け取った八尋が指先でそれを撫《な》でると、ふわりと生暖かい風が私の頬を撫で、髪を揺らした。

八尋は少し沈黙したあと、私へ戻し、

「ふうん……。杖《つえ》をついている老人が視えた。あまり血色がいいとは言えないようだ。それに……テーブルの上には薬が置いてあるな。だが、斑目は恐らくそれが薬だということも分かっていないんだろう」

すらすらと見てきたようなことを口走る八尋に、ぽかんとして首を捻《ひね》っていると、

「……不思議そうな顔をしているな。私はただ、客の『過去』を少しだけ『視る』ことができるだけだ」

「……過去を？」

「ああ。……と言っても今の私では二、三日前の過去までしか遡《さかのぼ》れないがな」

『でも、恐いだけじゃないよ。八尋様は時間を操れちゃう、すごい能力を持ってるんだ』

いつかの十四狼の言葉が脳裏をよぎった。

「……斑目は百年存在しているが故に、人間が老いるということに気づいていないようだ。妖《あやかし》だからこその弊害だな」

「……それは、一体」

「本当に見えていないのは、斑目の方、ということだ」

相変わらず遠まわしなことを言って、重要なことには一切触れない男だ。八尋はふう、と長い吐息をつくと、資料室の扉を開けた。

「……少し疲れた。部屋に戻る。あとは君がどうにかするんだな」

どうやら力というものを使うには、随分妖力が必要であるようだ。

「……私のこと敵だと言っていたのに、妖力を使ってくれたんですね」

「妻が困っているのを見るのは、心が痛む」

「……烏丸支配人」

だが、その背中に言いかけた私を八尋は素早く振り返ると、少しだけ不機嫌そうに、

「今度私を烏丸支配人と呼んだら、君の部屋を取り壊すぞ」

「なっ、何もそこまで」

「君は私の妻という自覚を持て」

「……私とあなたは、形式だけの夫婦にすぎません」

「私は形式だけだとは思っていない」

八尋の仮面の下で緋色の瞳《ひとみ》が強く光を帯びた。しかしそれも一瞬のことで、すぐに元の輝きに戻ると、

「だが、『あなた』と呼ばれるのも悪くはないな」

八尋は何やら独り言を呟《つぶや》きながら、部屋から出て行った。

一人になった途端、体がどっと疲れて、私はその場にぺたりと座り込んでしまった。

そして遠ざかる八尋の靴音を聞きながら、「八尋さんか……」と呟いたのだった。

4

八尋から手がかりをもらったものの、私は未《いま》だに斑目への対応を考えあぐねていた。

「今日も終わったなー！　ふぁ、眠いや……」

十四狼はダイニングからフロントへ向かう途中で、大きな欠伸《あくび》をした。

時刻は既に二十二時を過ぎている。朝が早いホテルマンにとって、そろそろ就寝時間が近い。

「そうね。私もよ」

私も口元に手を当てて、ふあ、と欠伸をした。昨夜も結局資料室に深夜までいてしまったせいで、すっかり寝不足であった。

業務の間にも斑目に対して何かできないかと思案していたが、明確な答えが見つからない。

彼は明日《あした》の朝チェックアウトしてしまう。このまま、何もできないまま見送らねばならないのか。

目の前を歩く十四狼の尻尾《しっぽ》をこっそり撫でながら小さくため息をついた。

「ん？　あれ、斑目のお客様じゃない？」

不意に足を止めた十四狼の視線の先には、確かに『素』の顔である糸目の斑目が、ラウンジのソファに座ってぼんやりと外を眺めているのが見えた。

「なにしてんだろ？」

これはいい機会かもしれない。恐らくこれが斑目と話ができる最後のチャンスだ。

「……ちょっと話しかけてくるわ」

「えっ、今から？　明日も早いのに大丈夫なのかよ」

「十四狼くんはもう部屋に戻っていいわよ。これは私のお節介だから」

十四狼は少し迷う素振りを見せたが、

「後輩を一人残して自分だけあがるわけにはいかないぜ」

そう言い、八重歯を見せて人懐っこい笑みを浮かべた。

十四狼に礼を言い、二人でスタッフルームの給湯器で紅茶を淹《い》れると、私たちの気配にまったく気づいていない様子の斑目の元にさりげなくティーカップを置いた。

すると斑目は細い目を少しだけ見開いて驚いたように私たちを振り返った。

「……あれ？　いつの間に」

「お口に合うかわかりませんが、どうぞ」

それは部屋のアメニティや、食事の際にも飲用されている、氷雨愛用のハーブティだ。

一口飲ませてもらったことがあったが、香りが豊かで美味《おい》しい紅茶で、氷雨は庭に咲い

ているハーブから作ったのだと自慢げに言っていた。斑目は湯気が立ち上るティーカップに口をつけると、

「……いい匂いだよな、この紅茶。僕の好みだ」

「以前ダイニングでお食事されたとき、とても美味しそうに召し上がられてましたから」

「そういうことか……じいさんはハーブが好物だったから、好みがうつったんだ」

「家族の趣味は、大体同じですからね」

「家族、か」

私と十四狼は斑目の隣へ腰を下ろした。十四狼はちょっと甘えたように私の身体に寄りかかってくる。柔らかなしっぽがもふもふと当たって気持ちがよい。

「……お仕事は見つかりましたか？」

「いや。考えてみれば妖力が回復した今、もう人間と暮らす必要もないからこっちに戻ってくることにするよ」

「えー。じゃあ、もうじいさんと会えなくなるじゃん」

「……会いたくないのは、じいさんの方かもしれないしな」

斑目はちびりと紅茶を飲み下しながら、言葉とは裏腹に眉《まゆ》を寄せて寂しそうに呟いた。

自分の大切な人が、自分のことを「自分」として見てくれない。

それはきっと、存在が否定されたようでとても悲しいことだろう。

斑目はティーカップをソーサーの上に戻すと、くすりと自嘲《じちょう》的な笑い声をあげた。

「ま、妖と人間が家族になんて、最初から馬鹿げた話だったんだよな」

「そんなことは……」と言いかけて、口をつぐむ。……ない、のだろうか。

同時になぜか頭の中に八尋の顔がぱっと浮かんで消えていった。

どうしてこんな時に八尋の顔がよぎるんだ。あの男とはすぐに離縁するつもりなんじゃないか。

ぶんぶんと首を振ると、斑目は不審そうな視線を向けてきた。我に返り、こほんと咳払《せきばら》いで誤魔化した。

「……ああ、そういえば。つかぬ事をお伺いしますが……今のお顔は、斑目様の本当のお顔なんですか？」

斑目は眉根をくっと寄せて、首を傾ける。

「失礼ながら、斑目様がお一人でぼんやりされているときは、いつもそのお顔になっていますから」

「……ああ。そうだったのか。全然意識してなかった。昔はもっと気を張ってたんだけど、この頃じいさんのことで頭がいっぱいで、つい戻ってたんだな」

「斑目のお客様って、ドジなんだな」

「……あの、それはおじいさんの前でも、ですか？」

「え？」

私の質問に、斑目は一瞬虚を衝《つ》かれたように目を見開く。

「……ああ、そう、だな。そういうこともあったかもしれない」

「えー、それって妖ってバレちゃう可能性もあるじゃん！」

「ということは、じいさんは僕の顔が変わっても全然気づかないくらいどうでもいいってことなんだな」

……そうだろうか、と思った。

たとえ本当に興味がなくても、孫の生き写しだと可愛がっていた人間の顔がいきなり変わればば大抵の人間は驚くのではないか。

「うーん、じいちゃんって、かなり鈍感なのか？」

「さあ。もうどうでもいいよ。僕はもう、人間とは関わらないって決めたんだ」

どこか投げやり気味に言い放つ斑目。

「おじいさんにはなんて言って出てきたんですか？」

「……いや、なんにも言ってない」

「一切、何も言わず家を出てきたんですか？」

「ああ。拗《す》ねた子供みたいなことはしたくないしな。もう僕なんかいなくてもいいだろ」

『杖をついている老人が視えた。あまり血色がいいとは言えないようだ。それに……テーブルの上には薬が置いてあるな。だが、斑目は恐らくそれが薬だということも分かっていないんだろう』

『……斑目は百年存在しているが故に、人間が老いるということに気づいていないようだ』

八尋の言葉が、ぽつぽつと脳裏に蘇《よみがえ》る。

あ、と思わず声が漏れた。

『本当に見えていないのは、斑目の方、ということだ』

――もしかして。

そこまで思い至って、私は勢いよくソファから立ち上がった。そのはずみで、十四狼がこてんとソファに転がる。

「わっ、芽衣、どうしたんだ？」

「斑目様、私はこれにて失礼致します」

「あ、ああ。こんな時間まで悪かった」

「いいえ！」

「芽衣ー？」

呼び止める十四狼の声も振り切り、素早くスタッフルームへと駆け戻る。

そうして一人、一度落ち着くために椅子に座った。そのままぐるぐると巡る思考をまとめて、とうとう確信を得ると、フロントに戻って宿泊帳に記載されている斑目の家の電話番号を控えた。

……差し出がましいことは重々承知だ。

けれど、こうしなければ取り返しがつかなくなるかもしれない。

私は躊躇《ためら》いつつも、意を決して斑目の家の電話番号をダイヤルした。

「もしもし。夜分遅く大変申し訳ございません。私、霧雨ホテルの折原芽衣と申しますが——」

＊＊＊

「斑目様、おはようございます」

午前九時。斑目はチェックアウト手続きのために、フロントへとやってきた。やはり斑目は素の顔である糸目の少年になっている。

「昨日はお休みになれましたか？」

「ああ。淹れてもらった紅茶のおかげかもしれない。夜遅くまで悪かった」

「いえ」

「長い間世話になった。思ったよりは居心地が良かったよ。もう出ていくから手続きしてくれるか」

「斑目様。その前にできれば今のお顔で、駅に行ってはくれませんか？」

「……え？　なんでだ？」

「行けばわかります。お願いします」

斑目は戸惑ったように眉根を寄せた。

「……。わかった。じゃあ、チェックアウトは戻ってきてからでもいいか？」

「はい、お待ちしております」

斑目は最後まで不審そうに首を捻《ひね》っていたが、私が一礼をすると、ようやく納得してくれたのか背を向けて素直にホテルから出て行った。

「一体何をしたんだ」

突然真後ろで声が聞こえて、ビクンと体が跳ねてしまった。

振り返ると、八尋が背後に忍び寄っていて、銀の仮面が私を見下ろしていた。

「八尋さん、いつの間に……」

「何かしたんだろう？　何をした」

「それは斑目様がお戻りになられればわかります。……上手《うま》くいけば、ですが」

＊＊＊

……それからしばらく経った頃だ。

フロントカウンターで八尋と共に部屋割り業務をしていると、勢いよく玄関扉が開かれた。

そこには息を切らした斑目が立っており、私と目が合うと小走りに近寄ってくる。

「あんた、いつから気づいていたんだ」

斑目は真っ直ぐ私から視線を離さないまま言った。

「……やはり、そうでしたか」

「駅についたら、じいさんがいた。一体どういうことだ。なんで……」

「昨夜、差し出がましいと思いつつ、斑目様のお家《うち》へお電話をいたしました」

はっとしたように、斑目は口をつぐんだ。

「……おじいさまは息子が出て行ってしまったと、とても心配しておりましたよ」

「……息子？」

「……はい。自分の目が見えにくくなってしまったせいで、不便を強いていた。だから、堪えきれなくなった息子が怒って出て行ってしまったんだと胸を痛めていた様子でした」

「……」

「斑目様。おじいさまは、斑目様のお顔がお孫さんと異なっていたからといって突き放しましたか？」

斑目は下唇を噛《か》むと、頭を振った。

「……耕助、心配してたって、言ってくれた。でもそれって結局過去の記憶で、僕が孫の生き写しだったからこそ……」

そこで黙っていた八尋が呆《あき》れたような吐息を漏らした。

「貴様、いい加減にしたらどうだ。孫の生き写しだと思っているなら、息子などと呼ぶはずがないだろう。妖《あやかし》と人間という境界線をつくって、わざと身を引いてるのは貴様のほうなんじゃないか」

「……え」

「……妖は機能不全になることがない。だからといって、大切な人間の異変に気づかないのは、貴様自身が幼稚なことで拗ねていたからだ」

八尋は容赦なく斑目へと突き刺さるような言葉を放つ。

しかし、その言葉は突き放すだけではない、どこか優しさが混じる口調であった。

「……ああ。その通りだな。見ようとしていなかったのはじいさんじゃなくて、僕だった。

……。これからは本当の家族になれるだろうか」

「もうずっと前からお二人は家族じゃないですか」

私がそう言うと、斑目は見開いた瞳《ひとみ》からぽろりと涙を零《こぼ》した。そして、小さく嗚咽《おえつ》を漏らすと、力強く頷《うなず》いたのだった。

私はフロントの棚から宿泊帳を引き抜き、彼の前へ広げて置いた。斑目は滲《にじ》む涙をぬぐいながらも、

【チェックアウト　サイン／斑目右京】

はっきりと、力強い字で書き記してくれた。それと同時に、私の小指に絡んだ青い糸が解かれていくのが見える。糸はするするっと斑目の文字へと重なると、一瞬青白い光を放ち、紙に吸い込まれるようにして消えた。

「……世話になった。ありがとう」

「いいえ。どうぞお気をつけて」

再び顔をあげた斑目は、晴れ晴れしい笑顔を向けてくれた。

玄関までお見送りをした私と八尋へ向かって丁寧に頭を下げた斑目は、大きな荷物と一緒に霧の奥へと消えていった。

「まずは一人目、成功と言ったところだな」

「まだまだこれからですよ」

八尋の呟《つぶや》きに、私は背筋を伸ばしてそう答えたのだった。

……その翌日のことだ。

朝起きた私が部屋の窓から庭を見下ろすと、まだ一部だけではあるが艶《あで》やかな赤い薔薇《ばら》が咲き乱れていた。さらにその傍らには斑目が好物と言っていた瑞々《みずみず》しい緑葉のハーブが、風にさわさわと揺られている。

霧雨ホテルが、少しだけ目を覚ました……。

私はその光景から目が離せず、いつまでも窓辺に座って柔らかく揺れる草花たちを見下ろしていた。

第2話　恋する付喪神

1

——あれは、いつのことだっただろうか。

霧雨《きりさめ》ホテルの敷地に建つ、小さなチャペル。

若い新郎新婦の門出を祝福するように、美しい鐘の音が響き渡る。

やがてその音色を背景に、教会の扉から進み出てきたのは仕立てのいいタキシードと、純白のドレスに身を包んだ新郎新婦だった。

互いの顔を照れたように見合わせ、頬を赤らめながら口元をほころばせる。

そんな二人を囲むように、心から彼らを祝福する大勢の招待客……。

皆その顔には穏やかな笑みが浮かび、少しだけ遠くから離れて見守る従業員たちにも、彼らの喜びが染み入ってきて、思わず感動に胸がつまる。

その中でも一際瞳を潤ませているのは、私の祖母、折原《おりはら》美空《みそら》であった。

彼女は自分の身内の式でもないのに、目頭に滲む涙を指で拭《ぬぐ》いながら、

「芽衣《めい》、ほら見て。綺麗《きれい》な花嫁さんだね……。とっても幸せそうよ」

「うん、本当にきれい。あのドレスも素敵だね」

「……芽衣の結婚式も、このチャペルで挙げられたらいいねえ」

「私も挙げていいの？　……わあ……その時はお祖母ちゃんも見に来てね」

そう言って笑う私の頭を、祖母は嬉《うれ》しそうに撫《な》でてくれた。

自分のことではないのに、誰よりも他人の幸せを願える心の優しい女性だった。

──私はそんな祖母だからこそ惹《ひ》かれ、心から憧《あこが》れていたのかもしれない。

＊＊＊

……。短い夢を見ていた。

重たいまぶたをそっと押し上げる。

耳の底にはたった今言葉を交わしたのではないかと思うほど、鮮やかに祖母の声が残っていた。

……なんて悲しい朝なんだろう。

死者と過ごした幸せな夢のあとは、心を鉤爪《かぎづめ》で鷲摑《わしづか》みされるような痛みが残るものだ。

私はむくりと体を起こしてそっと目を擦《こす》った。すると指先に冷たいものがついて、自分が涙を流していたことに初めて気がついた。

……泣いている場合ではないのに。

ガシガシと自分の頭を掻《か》いて、気を落ち着かせるために部屋の窓を開いた。

空を仰ぐと灰色をした厚い雲の隙間から朝日がうっすらと差し込んでいる。清々《すがすが》しいとは言えないが、やはり朝の風は気持ちがいい。

そのまま窓辺から少し身を乗り出すようにして階下を見下ろす。ばら蒔《ま》かれたようにあちこちで咲き乱れる可憐《かれん》な花々は、ぽつぽつと蕾《つぼみ》をつけて朝霧で霞《かす》む庭を彩っていた。

――芽衣。今日の結婚式のために、一緒にブーケ用の花を集めましょう。

祖母の声が、つと蘇《よみがえ》る。

頬杖《ほおづえ》をついたまま、ぼんやりと視線を遠くにやる。この洋館から少し離れた小高い丘の上に建つ、尖塔《せんとう》のチャペル。

……祖母が生きていた頃は、よくあそこで結婚式を挙げていたっけ。

あのチャペルも、いつかまた使う時がくるんだろうか。

「……」

過去の記憶を遮断するように網戸を閉じてカーテンをシャッと引く。

懐かしい夢を見たからといって、しんみりしている場合ではない。

とりあえず今は、妖たちからこのホテルを取り返さなければ。話はそこからなのだ。

仕切り直すように自分の頭を軽く小突く。

……と、その時だ。部屋の扉がこんこんと叩《たた》かれた。ぎょっとして顔を上げた直後、

「芽衣、起きているか」

扉越しにくぐもった八尋《やひろ》の声が聞こえてきた。思わず自分の姿を見やる。

普段私はどんなに寒くても下着だけで寝ているのだ。こんなあられもない姿を従業員はもちろん、八尋には絶対に見られたくない。

「ま、待ってください、今はダメです！」

「何を言ってるんだ。開けるぞ」

ダメだと言っているのにお構いなしに扉が開かれ、銀色の仮面が覗《のぞ》いた。その直後、私は考えるまもなく勢いよく枕をぶん投げた。咄嗟《とっさ》の攻撃によろめいた八尋へ、さらに追い打ちをかけるように鞄《かばん》やら、服やら時計やら目に付いたものを投げつける。さすがに八尋も慌てたように扉を閉めたが、

「これが夫への仕打ちか」

という恨めしげな声が扉の向こうから聞こえてきた。

「勝手に開ける八尋さんが悪いんです！　鍵《かぎ》かけたはずなのに、なんで開けられるんですか！」

「ここは私のホテルだ。鍵ぐらいどうにでもなる」

「なっ！　ま、まさかこの間、私が寝てる隙に毛布を掛けていったのは……」

「なんだ。てっきり気づいているものだと思っていたぞ」

「人の寝室に……しかも寝てる時に立ち入るなんて何考えてるんですか！」

「そんなに怒ることではないと思うんだがな……」

　鍵を開けられるなんて聞いていない。対策を考えねば。大急ぎで制服に着替えながら扉の向こうにいる八尋へ、

「それで、一体何の用ですか？」

「ああ。そうだ。………………でもどうだ」

「……え？　なんですか？　聞こえませんよ？」

　扉の向こう側でもごもごと呟いている八尋を見かねて部屋を出る。そこには灰色のベストを着て、その上から裾《すそ》の長いフロックコートを羽織っている八尋が立っていた。私が首を傾げて見上げると、彼はゴホンとひとつ咳払《せきばら》いをしてから、

「夫婦円満の秘訣《ひけつ》は、なるべく朝を共にすることと、氷雨《ひさめ》から聞いた。だから一緒に朝食でもどうだ」

「結構です」

「……即答することないだろう」

「……私は必要以上に八尋さんと関わるつもりはないんですよ」

「夫婦なのにか」

「夫婦だからこそです」

「……取り付く島もないな」

八尋は自分の顎《あご》を手で撫で、形のいい唇を皮肉げに力なく歪《ゆが》めた。しかし、相変わらず無機質な仮面からは、どんな感情も読み取ることができない。

「あの。もう仕事が始まるので、失礼します」

私の言葉に、八尋の動きがぴたりと止まる。そして少しの間があった後、

「……そうか」

と、やや沈んだ声が返ってきた。少しだけ胸が痛んだが、正直この男にあまり干渉したくはなかった。

だが、八尋に会釈をして、そのまま通り過ぎようとすると、

「……ん？」

八尋はいきなり私の腕を強引に掴《つか》み、ためらうことなく私の胸に手を当てた。

「……ん？　さっきより大きい。何か仕込んだか？」

「いっ、いやぁああああああ――――っ！」

早朝から館内に私の絶叫が響き渡ったのは言うまでもない。

＊＊＊

「アンタ、今朝はすごい絶叫だったわねえ。八尋に何されたの？」

午前十時。フロントで仕事をしていると、庭でハーブの世話をしていた氷雨が戻ってきて、珍しくカウンターにやってきたかと思えば、開口一番がそれだった。

「俺もびっくりしたよ。喧嘩《けんか》でもしたのか？」

私の足元にいた十四狼《とおしろう》も、純粋な視線を向けてくる。

「……何をされるもなにも、朝食を誘われただけで……」

「そんなんであそこまで絶叫するわけないじゃないの。ねえ、どこまでいったの？」

まるで女子高生のようなノリの氷雨を睨《にら》みつける。元はといえば、妙なことを八尋に吹き込んだこの男のせいなのだ。

「……氷雨さん、仕事中です。あと、ハーブばかりいじってないで館内のこともしてくれると嬉しいんですけど……」

「アタシは自分の興味がないことはしない主義なの」

「お客様が増えれば、氷雨さんが大事にしてるハーブだって、もっとたくさん育ちますよ」

「それとこれとは話が別よ」

「……もう」

有難いことに出来る限り館内の清掃をし、たまにふらりと迷い込んでくるお客様を泊めていたら、【安いが質は最低】という噂から【安いなりに、そこそこ】と口コミが広がっていったらしい。（恐るべし妖《あやかし》の情報伝達能力……！）

だが、今この時間も少なからずお客が泊まっているというのに、ロビーでは相変わらず制服をだらしなく着た従業員が飲食をしているし、スタッフルームからはバカ騒ぎの声が聞こえてくる。

そして、（この間知ったのだが）経理担当である氷雨もこの始末だ。

誰も彼も、まったくやる気が感じられない。

これじゃあ、少しずつ良くなっているホテルがまた元に戻ってしまう。

「……そういえば。このホテルって普通の人間は絶対にいらっしゃらないんですか？」

「いいえ？　たまーに来るわよ。霊感が強くて視えたりする奴らが。あとは、妖と深い縁があったりすると、その妖力辿《たど》ってついてきちゃったりね。無意識な場合もあるみたいだけど」

「へえ……。その方たちは泊めているんですか？」

「まさか！　人間だとわかった時点で追い返してるわよ。面倒事はやーよ」

「……ああ、ですよね」

聞いた私が馬鹿だったかもしれない。

「でも、霧雨ホテルに人間のお客様が来てくれないのはやっぱり寂しいですね」

「そう？　人間なんて来ないほうがいいじゃない。アタシ、人間って嫌いなのよね」

「それを私に言われても」

「それよりこれ新しい服なの。可愛くない？」

氷雨は両手を広げてカウンターの中でくるりと一回転してみせる。

彼はハロウィンでよく見る吸血鬼のコスプレみたいなサテンケープに、白いブラウス、派手な赤色のベストを着ていた。

「……っていうか、その服どうしたんですか？」

「衣裳室《いしょう》にあった服を適当に整理してたの。アタシ、あそこの部屋好きなのよね」

「たまにいなくなると思ってたら、そういうことだったんですね」

衣裳室は従業員の制服から、調理人のコックコート、他にも結婚式を挙げるお客様のためにウェディングドレスやタキシードも何着か用意してあったはずだ。

その殆《ほとん》どは祖母の趣味であったが、かなり広い部屋だったと記憶している。

「でも、衣裳室の服もだんだんボロくなっちゃってねえ。修繕するのも限界があるのよ」

「だからこそ、もっとお客様を増やしましょう。そうすれば、衣裳室だってもっと綺麗《きれい》に」

「んー。だからアタシはそういうの興味ないんだってば」

あっけらかんと言い放つ氷雨にこれ以上何と言ったら良いのかわからない。見かねた十四狼が、

「氷雨の兄貴、少しぐらい芽衣に協力してやれよ」

「アンタ、すっかり芽衣の味方になっちゃって。可愛くないコね」

「後輩の面倒をみるのは先輩として当然のことなんだぞ。大体、いつもそうやって冷たいこと言ってるから、いつまでも氷雨の兄貴は独り身なんだよ」

「なによ、アンタなんて五十年経ってもいつまでもちびっこじゃないの。送り狼が聞いて呆《あき》れるわ」

「そういうイヤミばっかり言ってるから女にフラれるんだからな」

「ちょっと。言っていいことと悪いことがあるんじゃないの？」

私は慌てて、ヒートアップしそうな二人の間に「まあまあ」と言って割って入った。

「口の悪いワンコのせいで気分が悪いわ。シャワーでも浴びてさっぱりしてくる」

氷雨はつんと顔を背け、不機嫌な態度でスタッフルームへ戻ってしまった。残された十四狼は、ちょっとだけ気まずそうに、

「……氷雨の兄貴も根はいい男なんだよ。ちょっと面倒くさがりなだけで」

「しょうがないわ。最初から手伝ってくれないのは承知の上だし」

このホテルで働き始めて、もうすぐ二週間になろうとしていた。本当にわずかだが、

徐々に館内も綺麗さを取り戻している。

だが従業員たちの無関心さは相変わらずで、いつまでたっても仕事をするのは私と十四狼だけであった。

自分で決めたこととはいえ、朝から晩まで働きづめでさすがに疲労がたまってきてはいるが、ここで気を抜くわけにはいかない。勝負は残り二週間にかかっているのだから。

「ん？　芽衣、あれ客じゃないか？」

そう言って、十四狼がぴょこん、とカウンターに飛び乗った。「え？」と私が聞き返す間もなく、彼はそのまま身軽な動きで正面玄関へと駆けていった。

十四狼が玄関扉を開くと、立ち込めた霧の中から紺色のジャケットに、ブラウンのベストを着込んだ男がこちらに近づいてくるのが見えた。

私も制服を整えながら、足早にお客様のもとへ出迎えに向かう。ホテルから出て来た私達に気付いたのか、彼は足を止め、

「妖のためのホテルというのは、ここか」

「はい。霧雨ホテルでございます。この度はようこそお越しくださいました」

お客様の見た目は、三十代前半といったところか。彫りの深い、目鼻立ちがはっきりとしている顔で、もう少し見た目の年齢が若ければ、世間的に美男子に分類されることだろう。やや血色の悪い青白い肌と相対するように、深みのあるワインレッドの髪を刈り上げ

ていた。

だが、麗しい見た目とは裏腹に、切れ上がった大きな目の奥は爛々《らんらん》と燃え盛るような赤色に輝いており、視線が合うと一瞬はっとさせられる冷ややかな雰囲気を放っていた。

しかし相手はお客様だ。動揺が伝わって失礼があってはならない。私は意識的に笑みを浮かべながら、

「お名前を頂戴《ちょうだい》しても宜《よろ》しいでしょうか」

「紅露四《こうろよん》だ。しばらく世話になる」

そこで足元でやりとりを見上げていた十四狼が、

「お荷物をお持ち致しますー！」

と言って、紅露の荷物に手をかけた。すると、すかさず紅露は十四狼の頭を鷲《わし》づかみ、

「結構だ。下等な妖に触れられては、ぼくの品位が下がる」

「えっ！」

十四狼は突然皮肉を放たれて、耳と尻尾《しっぽ》をぴーんと伸ばして硬直した。

「申し訳ございません。では、このままフロントでチェックインの手続きをお願い致します」

私は、できるだけ内心の驚きを悟られないよう、頰を引きつらせながらも笑みを浮かべた。

「ふん。余計なことをするなと教育しておけ」

十四狼は耳と尻尾をぺたんと垂らし、しょんぼりとうなだれながら私のスカートの裾《すそ》をぎゅっと摑む。

「……芽衣。俺、悪いことしたか？」

「いいえ。でも接客業ではよくあることよ。あとで美味《おい》しいものでも食べましょ」

紅露はどうやら気難しいお客様のようだ。これは通常以上に気を遣って接遇しなければ。

紅露をフロントへ案内し、

「では、こちらの必要事項にご記入をお願いします」

そう言っていつもどおりチェックインの手続きを済ませた。彼が宿泊帳に必要事項を記入し終えると、小指に彼と私を繫《つな》ぐ青い糸がしっかりと絡まるのも確認した。

「それでは、本日より十日間のご宿泊ですね」

私が宿泊帳から顔をあげると、紅露は弓なりの形のいい眉《まゆ》を寄せて、こちらを凝視していることに気付いた。

「……どうされました？」

「ふうん。噂通り、人間の小娘が働いているんだな。でも折角働かせるなら、もっと器量良しを選べばいいものを。さすが悪評高いホテルとあって、女を見る目もない三流か」

ひく、と自分の笑顔が引き攣《つ》った。我慢よ、芽衣。

「芽衣、大丈夫。女は顔じゃないよ。俺は芽衣の顔が悪くても気にしないぞ」

足元からつんつんとスカートの裾をつついてくる十四狼に、さらに笑顔が引き攣っていく。

「こ、紅露様のお部屋は二〇二号室でございます。お部屋までご案内いたしますね」

だがそう言って私がカウンターから出て、大階段へ案内しようとした時だった。

何かが紅露の鞄《かばん》から転がり落ちて、床にころんと転がったのが見えた。

「あ、紅露様。何か……」

「ん？　あああっ！　触るな！　勝手に触ったら殺すぞ！」

紅露は私の身体を突き飛ばすようにして払いのけると、素早くそれを自分で拾い上げた。

「す、すみません。え、えっと……」

「それ、万年筆か？」

十四狼の言葉によく見ると、確かに紅露の手には万年筆が握られていた。

「随分使い込まれてますね。……大切なものなんですか？」

おずおずと問いかけると、紅露はうなだれるように万年筆へ視線を落とす。

どうしたのだろう。何か様子が変だ。

私と十四狼が困惑しながら見守っていると、紅露の表情が見る間に曇り、

「そうだ。大切にされていたと思っていたのに。それなのに……」

「紅露様、どうされたんです？」

紅露は今にもへし折れてしまうのではないかと思えるほど、両手で力強く万年筆を握り込み、

「それなのにっ！　なんでぼくを捨てたんだ、沙耶《さや》あああぁぁ――――っ！」

館内中に響き渡る大絶叫をしたのだった。

「なんだ」「どうした」「客が泣いてるぞ」「芽衣がなんかしたのか？」

その声に、今まで仕事もせずだべっていた数人の従業員たちが、野次馬のようにスタッフルームの扉から顔をのぞかせた。

……これはまた、随分と訳アリなお客様が来たようだ。

＊＊＊

「こちらがお部屋でございます」

ロビーで大泣きした紅露をなんとか宥《なだ》めすかし、私と十四狼はとりあえず客室まで案内した。

しかし部屋についても、紅露はソファに座りながら嗚咽《おえつ》を漏らし、泣き止むことがない。

男の人がこんなに泣くところを見たのは正直言って初めてだった。

しかも結構いい年（だと思われる）の男が、である。

「……なにか、悲しいことでもあったのですか？」

私が紅茶を注ぎながら尋ねると、紅露は真っ赤に腫《は》れた瞼《まぶた》をこすりながら、まるで子供のようにこくりと頷《うなず》いた。そして、俯《うつむ》いたまま先ほどの万年筆を机の上にゴロンと置いた。

「これはぼくの本体だ」

「紅露のお客様は、付喪神《つくもがみ》様だったのかー」

十四狼はもふっと尻尾を振った。

付喪神というのは、長い時を経て使い込まれた道具などに宿ったものであると聞く。

手は触れないまま万年筆をまじまじと見る。こういったものの価値には詳しくないが、一目見ただけで高価なものだと分かる。

緋色《ひいろ》のボディには、インクが染み付いた痕《あと》があり、ところどころヒビが入っていた。傷だらけのペン先は少し丸くなってしまって、青色のインクも少し染み出している。

また万年筆のフック部分に、『U.SAYA』という人名と思われる名前が彫られており、恐らく持ち主の名前なのだろうと推測する。

「……それ見てどう思う？　小汚い万年筆だと思うか？」

問われて、私は首を横に振った。

「いいえ。とても愛着を持って使用されているものだとお見受けしますが」

「よく言った人間。そのとおり。ぼくはまだ現役なんだ。……それなのに、沙耶はぼくを捨てたんだ」

ようやく泣き止んだと思ったのに、紅露の目尻《めじり》には再び涙の雫《しずく》がうっすらと溜《た》まっていく。

「ぼくはずっと、沙耶だけを想っていたのに……。それなのに、こんな仕打ちあんまりだ。もうだめだ。絶望だ。もう死ぬしかない……死のうかな。いい死に場所を教えてくれないか」

「すげーネガティブだな」

「紅露様、まあ、とにかく落ち着いてください」

「人間と犬になんて、ぼくの気持ちなんて分かるわけがない……」

いちいち言葉の端に刺《とげ》を感じるが、ここで死なれては困る。

どうしたものかな……と頭を悩ませていると、突然部屋の電話が鳴り響いた。

まさかこのホテルに内線をかけてくれるような従業員がいるとは。不審に思いながらも受話器を取ると、電話の主は意外にも氷雨であった。

『あ、やっぱり部屋にいたのね。今ね、新しいお客がきたわよ。珍しいことに人間なの。面倒だから、アンタが対応してよ』

「……えっ、人間のお客様？」

「人間？」

重なるようにして、背後から声が聞こえた。振り返ると、息がかかるほど近くに目を腫らした紅露の顔があって、あまりに驚いて受話器を取り落としそうになってしまった。

紅露は「貸せ！」と大声で叫ぶと、私から受話器をひったくり、『誰？　何？』と困惑する氷雨に構わず、

「そいつはもしや、メガネをかけて、ショートヘアの見目麗しい、濡《ぬ》れた女ではなかったか？」

『……ええ。見目麗しいかは知らないけど、後は合ってるわ。なんでわかったの？』

「沙耶だ。沙耶がぼくを捜しにきたんだ！」

紅露は私に受話器を押し付けると、転がるように部屋から出て行ってしまった。

「紅露様、ちょっと、お待ちくださいませ！」

あまりのことに、私たちは一拍遅れて、彼の後ろ姿を追った。

「やはり沙耶だ！」

紅露は吹き抜けから階下を見下ろし、興奮気味に鼻息を荒らげている。

私と十四狼も、つられるようにして覗《のぞ》き込む。

ここからではあまり様子は見えないが、たしかに、ラウンジのソファに腰掛けている女性が見える。

そして彼女を囲うように、八尋と氷雨が佇《たたず》んでいた。……だが、雰囲気が非常に悪そうだ。

「やっぱり沙耶とぼくは運命の糸で繋がっていたんだ。ああ、沙耶、今いくぞ！」

「ちょっとお待ちください。ややこしくなりそうなので、私が事情を聞いてきます。十四狼くん、お願い！」

「おう！　任せろ、芽衣！」

「おい、ちょっと待て。放せぇっ！」

十四狼が彼の足元にしがみついて押さえ込んでいる間に、私は大階段を駆け下りた。

女性は俯いていた顔をふっとあげ、私が駆け下りてくるのを見た。久しぶりに黒い瞳《ひとみ》と視線がぶつかる。

無地の白いワンピースに、ヒールのないパンプス。黒縁のメガネがよく似合う、真面目そうな印象の二〇代半ばに見える女性だった。

彼女は確かに全身ずぶ濡れで、胸のやや上あたりまで垂れた髪は水滴がぽたぽたと垂れて顔に張り付いていた。彼女は私が近づいていくと、安堵《あんど》したようにため息をついた。

「あ、よかった……。普通の人もいたんですね」

「それ、どういう意味」

すかさず、腕を組んで立っていた氷雨がぴしゃりと突っ込んだ。

「ひっ、す、すいません」

……心中をお察しする。

携帯も圏外の状態で、霧が深い不気味な坂道を上ってきて、ようやくたどり着いたホテルに入れば、従業員は銀の仮面を被《かぶ》った男と、なぜか吸血鬼の格好をした女みたいな男が出てきたら怯《おび》えないほうがおかしい。さらに彼女はこの館内の寒さですっかり体が冷え切ってしまったようで、近づいてみると、細かく体を震わせていた。

「二人共、バスタオルぐらい用意してあげてくださいよ」

「客じゃないのに、なんでそこまでしなくちゃいけないのよ」

「もう！　なんて冷たいこと言うんですか」

私はとりあえず自分のタオルハンカチを手渡し、

「今すぐ大きなタオルをお持ちしますので、少々お待ちくださいね」

「ま、待ってください。ここは一体どこなんでしょう？　捜し物をしていたら突然霧が深くなって……気づいたらここにきていたんです」

「……」

私はこそっと八尋へと近寄り、小さく耳打ちした。

「……人間のお客様も普通にいらっしゃるんじゃないですか」

「いや。これはかなり特殊な例だ。恐らくあの厄介な妖がこちら側に来る際、一緒に巻き込んできたんだろう」

『――妖と深い縁があったりすると、その妖力辿《たど》ってついてきちゃったりね』

そういえば、今朝氷雨が似たようなことを言っていたような気がする。

「紅露様と何か関係があるんでしょうか」

「さあ。そこまでは分からん」

と、私たちが小声で言い合っていると、沙耶は不安そうに顔をあげ、

「……あ、あの。この霧の中を帰るわけにも行かないので、今日はここに泊めてもらえませんか？」

「無理だ」「無理ね」

即答したのは八尋と氷雨だった。私はすかさず八尋の服を摑《つか》む。

「ちょっと、何言ってるんですか」

「無理なものは無理だ。厄介事に首を突っ込む趣味はない」

「……どういうことですか」

しかし八尋はもう話は終わりだと言わんばかりにふいっと顔を逸《そ》らしてしまう。その様子を見ていた沙耶は、悲しげに目を伏せると、

「……今日は満室なんですね。じゃあ、せめてこの霧が晴れるまでここにいさせてはくれませんか？」

「ダメだ。今すぐかえ……ぐっ」

これ以上余計なことを言われてはたまらない。手袋越しに、八尋の手の甲を思い切りつねった。

「ええ、構いません！　ちょっと空き部屋の状況も見てきますね。それから、替えのお洋服もお持ちしますので」

「は、はい。お願いします」

「あーあ。すぐ追い返せばいいのに」

「氷雨さんまで……。もう、何なんですか、一体……」

と、その時だった。

「待て！」

今まで私たちのやりとりを見守っていた紅露がついに堪えきれなくなったのか、階段を壊すのではないかと思えるほどの勢いで二階から駆け下りてきた。その様子を唖然《あぜん》として見守る沙耶に構わず、紅露は嬉《うれ》しそうに彼女の元へと駆け寄っていくと、

「ああ、まさかこの姿で再び会えるとは！　どんなにこの日を待ち望んでいたか！　さあ、いますぐ式を挙げよう！」

紅露はとろけるような笑みを浮かべると、沙耶の前に跪《ひざまず》いて強引に彼女の手を強く握った。だが、瞳を輝かせる紅露とは対照的に、沙耶は怯えたように体を竦《すく》ませる。

「えっと、……どちら様でしょう」

「え……？　ま、まさかぼくのことが分からないのか」

「失礼ですけど、あたしはあなたとは初めて会ったように思いますが……」

「そんな……。ぼくだ。万年筆の……」

「ちょっとアンタ！　それ以上言ったら、タダじゃおかないわよ！」

紅露の言葉にかぶせるようにして、氷雨は今まで聞いたことがないような鋭い声音で牽《けん》制《せい》した。その声にはっとして、紅露は意外にも大人しく口をつぐんだ。

項垂《うなだ》れる紅露に、沙耶は眉《まゆ》を顰《ひそ》めながらも、

「あ。もしかしてあたしの万年筆を拾ってくれたんですか？」

「……え？」

「……えっと。実はちょっとした事情があって、万年筆を川に捨ててしまったんです。でもやっぱり恋しくなって捜してて。……もし拾ったなら、返してくれませんか？」

なるほど。だから全身ずぶ濡れだったというわけか。

ロビーで捨てられたと絶叫していたが、沙耶は思い直して捜しにきたのだ。どうやら誤解だったようだ。これで紅露の悩みも解決するな……と、遠巻きに眺めながらほっと胸を

なでおろしていると、

「……知らない」

紅露は沙耶から視線を逸らし、意外にも首を横に振った。

「……ぼくは、あなたの万年筆など知らない」

そう吐き捨てるように呟《つぶや》き、紅露はまるで逃げるように部屋へ戻ってしまった。

「紅露様……？」

……どうして本当のことを言わないんだろう？

沙耶は自分から離れていく紅露の後ろ姿を見つめながら、不思議そうに首を捻《ひね》った。

「……あの人は、一体誰なんでしょう？」

「あの方は、あなたの」

「芽衣、ダメ」

思わず言いかけたところで、氷雨が私の肩を強く摑んだ。

どうして？　正体を明かしてしまえば済むことではないのか。

そう目で訴えても、八尋と氷雨は口を引き結んだまま、ゆるゆると首を振った。

また妖だけの法というものなのかもしれない。

沙耶は私たちの不穏な空気を感じ取ったのか、少し居心地が悪そうにしながらも、

「……あの。ないとは思いますが、もしもどこかで拾ったら教えてください。紺色のアン

ティークものなんです。フックの部分に、植村《うえむら》沙耶という名前がイニシャルで彫ってあります。インクも少し青みがかって、とても珍しい色なんです」

「……承知しました」

それは紛れもなく、紅露が「本体」だと言っていた万年筆の特徴そのままであった。

2

「無理だ」

「いいじゃないか、減るもんじゃなし！」

あの後、すぐに紅露が宿泊している二〇二号室から内線がかかってきたため、私と八尋、そして氷雨で彼の部屋へと向かった。

紅露は枕を抱えながらベッドに座り、壁に背を押し付けて、拗《す》ねたように「ケチケチするなよ」とさらに不満を露《あら》わにした。

その様子は、三十代に見える男の行動にしてはあまりにも幼稚に思えた。

「貴様がよくても、ここは妖《あやかし》が泊まるホテルだ。もしあの人間に妖の存在が露呈したら、面倒なことになる」

「お前らはホテルマンだろ。そこをなんとかしろよ！」

「だから、無理だと何度も言ってるだろう」

紅露の要求は、あの沙耶という女性客と自分の仲を取り持って欲しいというものであった。

「最初は沙耶がぼくのことを捨てたんだと思って、自棄《やけ》になってた。だからこんなくたびれたホテルなんかに迷い込んだんだ。でも、沙耶はぼくを捜しに来てくれた。ぼくには沙耶しかない。沙耶が好きで好きでたまらないんだ！」

「じゃあ、さっさとあの女連れて帰りなさいよ」

氷雨は、冷めた口調で一刀両断する。だが、紅露はむっとしたように唇を尖《とが》らせると、

「分かっていないな。このホテルを出たら、ぼくは妖力が尽きてただの万年筆に逆戻りだ。せっかく人間の姿になれたのに、沙耶と結ばれずして帰れるものか！」

「だから、それが迷惑だって言ってるのよ。アンタ、自分が付喪神だってことバラすつもりでしょ」

「そんなことはしない。ぼくはただ、ここを出るまでに沙耶に約束を思い出して欲しいだけだ」

「……約束だと？」

八尋は面倒くさそうに問い返した。

「ああ。ぼくは十年前、沙耶と結婚の約束をしたんだ」

「結婚、ですか……」

付喪神と人間とが……？

「嫌な予感……」

氷雨はくいっと片眉を吊《つ》り上げた。

「これが証拠だ」

紅露はポケットからいそいそと一枚の紙を取り出した。かなり年季が入っていて黄ばんでいたが、そこに描かれているのは結婚式の絵だった。

幼い子供が描いたものなのだろう。あまり上手とは言えないが、幸せそうに寄り添う新郎と新婦が青色一色で描きこまれていた。

「これがなに？」

「沙耶がぼくを使って描いた絵だ」

確かに言われてみれば、この線は万年筆で描かれたように見えなくもない。

「ぼくは昔、幼かった沙耶の前に、あらん限りの妖力を振り絞って人間の姿で現れたことがあるんだ。友達も家族もいなかった沙耶をどうしても見ていられなかったから、話し相手ぐらいにはなってやろうと思って」

「……」

「だけど、度々姿を変えていたぼくは、ついに妖力が尽きてしまってね。しばらく万年筆に戻って妖力を温存しなくてはならなくなったんだ。でも、その前に沙耶へ別れの挨拶《あいさつ》と共に、結婚を申し込んだんだよ。その時、沙耶は確かにぼくと結婚すると誓ってくれたんだ」

「……沙耶さんとは、そのお姿でお会いしたんですか？」

「もう十七年前のことだ。そのときは、子供の姿で会いに行ってたよ」

なるほど。だから、沙耶は急激に成長したように見える紅露に気付かなかったんだろう。

「ぼくはもともと沙耶の両親が持っていた万年筆なんだ。沙耶には、ぼくと結婚するまで絶対に捨てるなと釘《くぎ》を刺したおかげで、沙耶はぼくを肌身はなさず持っていてくれた。きっと、沙耶は今でもぼくを待っているんだ。だからこの姿で沙耶と恋仲になって、結婚式をあげ、妖の世でいつまでも幸せに……」

「妄想してるとこ悪いけど、いくらアンタが沙耶ラブでも、人間と万年筆が結ばれるわけないでしょ」

「嫉妬《しっと》してるのか？　このホテルにお似合いの醜さだな」

「………万年筆へし折ってやりましょうか」

「まあまあ。……それで、うちのホテルは一体なにをすれば？」

「アンタは余計なこと言わないで。これはかなり危険なことなのよ」

「妖が自分の正体を人間にばらすことは掟《おきて》破りだ。面倒なことに巻き込まれるのは御免だ」

あ。だからあの時、思わず口を滑らしそうになった紅露を氷雨がフロントできつく止めたのか。

「人間を泊めないのも、これも要因の一つよ。もしこのホテルに泊まって沙耶が妖の存在に感づいたら、アタシたちの責任になっちゃうかもしれない。そうなったら、最悪の場合営業停止になっちゃうのよ」

「そうなれば、このホテルは一気に朽ちてしまうだろう」

そうだったのか。さーっと肝が冷えたような気がした。

「それなのにアンタ、さっき人間に正体をばらしそうになったでしょう」

「あ、あれはつい勢いで。大丈夫だ、決して正体は明かさない」

「約束が好きな男ね。恋をした男は、何をするかわかったもんじゃないし、信用できないわ」

「そんな……。なあ、頼む。ぼくには沙耶しかいないんだ。このホテルなら妖力もたっぷりあるから、長くこの姿を保っていられる。絶好のチャンスなんだ」

紅露はベッドの上で正座をすると、頭を深く下げて、悲痛な声を漏らした。

たしかに素行は悪いが、沙耶を想う気持ちは真っ直ぐなのだろう。

しかし、氷雨と八尋は黙ったまま冷たく紅露を見下ろしている。

そうして、やや間を空けた後、八尋は低く重々しい声で、

「協力はできない」

一切の感情が篭《こも》らない、冷ややかな響きであった。

「……そんな」

紅露の声は裏返り、なおも縋《すが》るような視線を八尋へと向けた。

そんな紅露を見守っているだけで、心の奥がズキリと痛む。

お客様がこんなに切望されているのに、私は何もしなくていいんだろうか。

このホテルが大切だからと言って、目の前のお客様のことをすっぱりと切り捨てるのが、霧雨ホテルなのか。

胸の前で拳《こぶし》をぎゅっと握る。死の床に臥《ふ》せる祖母の、生気のない顔が脳裏でちかっと閃《ひらめ》いた。

そんな人間がこのホテルを継ぐ資格はない。

「待ってください。……どうしても無理なんですか？」

私は八尋の隣へ近づいていった。八尋は端整な唇を少しだけ歪《ゆが》める。

「……私が協力します」

「は？　芽衣、アンタ正気？　下手したら、大切なこのホテルが無くなっちゃうのよ」

「このホテルを失うことは、とても恐ろしいことだし、考えたくはありません。けれどお客様の気持ちを大切にできないホテルなんて潰《つぶ》れたほうがマシだと思うんです」

いくと、銀の仮面を真っ直ぐに見つめた。

八尋はふっと短いため息を落とす。私はさらに肩が並ぶぐらいまで八尋の隣に近寄って

「……理想論だよ、芽衣」

「もし八尋さんの大切な人が同じことを申し出たら、協力しようと思いませんか。最善を尽くそうとは思いませんか」

「なに？」

「たとえ家族ではなくても、一人一人のお客様の気持ちを尊重する。それが霧雨ホテルの方針です」

「……アンタ、お人好《ひとよ》しもいい加減にしなさいよね」

「私はお祖母《ばあ》ちゃんのようなホテルマンになるために、霧雨ホテルに来たんです。私がお人好しなら、お祖母ちゃんもお人好しです。でも、私はそれでいいと思ってます」

「……君は本当に美空と同じことを言うんだな」

ぽつりと、八尋が消え入るようにか細く呟《つぶや》いた。

「折角このホテルを守ろうとしてやったのに。……はあ。分かった。私の負けだ」

八尋はフロックコートを翻すと、そのまま部屋の扉の前まで近づき、

「どうせ黙っていても朽ちるのだ。最後にあがいてみるがいい」

無愛想な口調で言い切り、開けた扉の隙間からするりと身をすべらすように出て行って

しまった。

「まったく、アンタも頑固な女ね」

「……す、すいません」

氷雨はガリガリと髪をかきあげ、細い指をぴしっと私に突き立てた。

「問題はもう一つあるわよ。人間に正体がバレる云々《うんぬん》の前に、アンタ、二人を取り持つほどの余裕あるのかしら？」

「……そ、それは」

言われてみればそうだ。

私は今、日々の業務に追われていて、これ以上仕事をするのはほぼ限界に近い。いや、それでも……。

「日々の業務は決して疎《おろそ》かにしません」

氷雨は突き立てた指をくの字に曲げて、呆《あき》れたように手を下ろした。

「アンタ、どこまでおバカさんなの」

「だけど、これが私の仕事です」

「はいはい。もう好きにやって。言っておくけど、アタシたちは手伝わないから」

「分かってます」

「はあん。今のうちに引越し先でも決めておこうかしら」

氷雨は独り言を呟き、私と視線を合わさないまま八尋の後を追うように部屋を出て行ってしまった。

……言ってしまった。もう後戻りはできない。

でも、お祖母ちゃんならきっとこうする。

たとえホテルがそれで朽ちたとしても、きっと同じことをするだろう。

二人きりになった部屋で、今まで無言のままやりとりを見ていた紅露がまるで私の顔色を窺《うかが》うようにそっと視線をあげて、

「……何だかぼくのせいで大変なことになってしまったようだな。……悪かった」

今までの高圧的な態度から一変して、しょんぼりと捨てられた子犬みたいに肩を落とす。

私は少し笑いながらゆるやかに首を振った。

「お見苦しいところをお見せして申し訳ございませんでした。紅露様と沙耶さんのことはできる限りさせていただきます」

「…………すまない」

紅露は目を細めると、初めて控えめに笑ったのだった。

＊＊＊

十七時からは、夕食の時間だ。

「芽衣、雪女のお客様が入ってきたけど、どこ座らせればいいの？」

十四狼はダイニングルームの入口で私の名を呼ぶ。

「あ！　ええと、ちょっと待ってて！」

この時間になると、(有難いのだが) 宿泊中のお客様がダイニングで夕食を取るため忙しくなる。

ひとり旅をしていて行き着いたという、なんの妖《あやかし》かはわからない初老の男の姿をした妖に、婚活に疲れてやってきたという雪女。紅露に沙耶。現在ホテルにはこの四人が泊まっているが、たった二人で接客をしなければいけないというのは、想像以上に大変であった。

十四狼の傍らでケバい化粧をした雪女は、待たされていることに苛々《いらいら》しているのか、不機嫌そうに紅いヒールのつま先で床を叩《たた》いている。

「そちらのお客様は、一番奥のテーブルへお願いします」

慌てて座席表を確認しながら、十四狼に大声で指示を出す。

すると、すぐ視界の隅で、先に座っていた男の姿をした妖が、

「おかわりください」

と私にぐいぐい皿を押し付けてくる。

「は、はい。今すぐに」

だが、皿を受け取って厨房《ちゅうぼう》に行って旨を伝えても、登喜彦《ときひこ》の反応がない。

困ったな……と思っていると、すかさず近くにいた十四狼が、

「芽衣、食器が全然拭《ふ》かれてないから、ご飯出せないって登喜彦が怒ってるんだ。先にお皿を拭いてからオーダーして」

「う、うん。わかった！」

しかし、皿を拭いていると、

「ねえ、ちょっと。ご飯が熱すぎて食べられないんだけど。ドライアイス持ってきてよ。口の中冷やさないと溶けちゃうわあ」

と、間延びした声で、雪女が呼びつけてくる。

「はい、今すぐ！」

状況はかなりてんてこ舞いだ。さすがに十四狼も疲れてしまったのか、尻尾《しっぽ》を垂れ下げたまま、ずるずると柱の陰に隠れるようにして座り込んでしまう。

しかし、ここに来てからずっと私のために手伝ってくれていたのだ。

十四狼をそのままにしておき、私はぼやける視界を指で擦《こす》りながら、業務に専念する。

これくらいの忙しさ、ずっと経験してきた。ホテルの復興のためだ。頑張らなければ。

そう思いながらも、ちらりとレストランの扉から、ロビーの様子を窺う。

ロビーには制服を着た若い男女の容姿をした妖や、少し年のいったガタイのいい妖、氷

雨とそう年齢の変わらなそうな者もいる。彼らは仕事もせずに、大きな声で雑談をしていた。

だが扉越しに私と目が合うと、皆少し哀れんだような視線をくれる。だが、それだけだ。

……誰も手伝おうとはしてくれない。

つい皿を拭く手が止まってしまった。分かっていたはずなのに。……それが、少しだけ悲しい。

「折原さん」

不意に呼びかけられて振り返る。ダイニングルームの入口に、いつのまにか紅露が立っていた。私は頭を下げ、皿を戻して紅露に歩み寄っていった。

そしてそのまま他の客とは少し距離を取っておいたテーブルへと案内する。やや緊張した面持ちで座る紅露は、動きがぎくしゃくとして不自然なほど汗をかいていた。

「どうされましたか」

「……本当に大丈夫か不安になってきた」

「沙耶さんがいらっしゃいましたら、こちらにご案内致しますので、ご心配なく」

これは私が考えた段取りだった。

沙耶が来たら二人きりで食事ができるように、あらかじめ二人がけのテーブルを用意し、シェフの登喜彦にも、同じタイミングで料理を出してくれるよう頼み込んだのだ。

もちろん、沙耶がいるので一人分は妖力を抜いて欲しい、とも念を押している。

「……も、もう沙耶は来るのか？」

「はい。あと十五分ほどでお夕食のご予約をいただいてます」

「……そうか。いざ、こういう場になると緊張するな」

紅露はそう言って、かあっと頰を赤らめる。口は悪いが、どうやら根は相当純情な男のようだ。

「何かありましたら、すぐに駆けつけますから」

緊張しているのは私も同じだ。

幸い、泊まっている二人のお客様は見た目的には人間の容姿と変わらないし、接点もなさそうなため、あまり心配はしていない。けれど問題は紅露がいつうっかりと口を滑らせてしまうとも限らない点である。

正直とても不安だが、引き受けた以上は絶対に成功させたい。

業務をこなしながら、そわそわと沙耶が来るのを待った。

ややあって扉が開き、恐る恐るといった様子で沙耶がダイニングルームに踏み入ってきた。服は洗濯するために預かったので、今はこちらで用意した浴衣《ゆかた》を羽織っている。

まるで小動物のように警戒しながら入ってくる沙耶に近づいていき、

「お待ちしておりました、植村様。どうぞ、あちらのお席へ」

沙耶に一礼してから、さりげなく彼女を紅露が座るテーブル席へ誘導する。だが、沙耶はすでに座席に人がいることを見るや、そっと眉《まゆ》を顰《ひそ》める。

「……あの方は？」

そこで自分のことだと気づいた紅露が、勢いよく椅子から立ち上がると、

「あ、あの！　さ、先程は失礼した。お、お詫《わ》びに、夕食をご馳走《ちそう》させて欲しいの、だっ」

ガチガチに緊張しているのか、紅露は動きもぎこちなく、呂律《ろれつ》も回っていない。だが当の沙耶は驚いたように目を丸くすると、

「そんな、結構ですよ。あたしを誰かとお間違いになっていたんですよね？」

沙耶が放った一言で、紅露の表情が曇る。しかし、すぐに口の端を少し吊《つ》り上げると、作ったような笑みを浮かべ、

「……。さあ、どうぞ座って」

紅露は沙耶の目を見ながら、自分の向かいの席の椅子をうやうやしく引いた。

「ほ、本当に結構ですから」

「……一人きりだから、寂しいんだ」

紅露は吐息混じりに呟きを落とした。そんな彼を見て、沙耶は僅《わず》かにためらうそぶりを見せたが、ようやく誘いに応じて近寄っていくと、ストンと椅子に腰を下ろした。

二人の様子を見て、まずはほっと胸をなでおろす。

ダイニングルームの中心で、静かに始まったしとやかな晩餐《ばんさん》。

今夜はカマスの姿煮に、新鮮でぷりぷりとした甘海老《あまえび》、鯉とメジマグロの刺身。鉢と酢物、そこに湯気が立つ白米と味噌汁《みそしる》も用意されており、テーブルの上は鮮やかに彩られていった。

給仕の合間も二人の様子に注意していたが、最初こそぎこちなかったものの、徐々に二人の顔には笑みが浮かんでいく。

特に沙耶を見守る紅露の眼差《まなざ》しがまるで慈しむような優しさで、本当に心から彼女に惚《ほ》れているのだな、と見ているこちらが恥ずかしくなってしまうほどだ。

やがて夕食も終盤となり、デザートの皿が二人とも空になったところを見計らって再びテーブルへ近づいていく。

「本日のディナーはお口に合いましたでしょうか」

「ええ、とっても美味《おい》しかったです。……本当にご馳走になっていいんですか？」

「構わない」

「ありがとうございます。まだこのホテルに滞在されるのですよね。今度お礼をさせてください ね」

沙耶は嬉《うれ》しそうに微笑むと、私と紅露に会釈をして戻っていった。

「いいお嬢様ですね」

「……沙耶は昔から変わらない。誰に対しても、ああいう調子なんだ」

紅露はまだ夢心地なのか、にこにこと朗らかな笑みを浮かべていた。

「……沙耶さんは、約束を思い出してくれましたか？」

「……ああ、いや。でも、彼女と夕食を共にできたのは僥倖《ぎょうこう》だった。……昔に戻ったみたいで、本当に楽しかった」

噛《か》み締めるように囁《ささや》いて、紅露はゆっくりと椅子から立ち上がる。

「焦ることはない。ぼくと沙耶なら、何があってもまた結ばれるだろうから」

その言葉は、まるで紅露が自分自身に言い聞かせているようでもあった。

＊＊＊

翌日、私は早朝から十四狼と一緒に大浴場掃除と、客室清掃、朝食の手伝いや、お客様の見送りなどに館内を走り回っていた。

ようやく昼を回って業務も落ち着きフロントに戻ると、ずっと手伝ってくれていた十四狼がふらふらとよろけ、そのまま床に膝《ひざ》をついた。

「芽衣、少し休憩しようぜ、疲れちゃったよ」

「あ、ごめんね、十四狼くん。スタッフルームに戻って大丈夫よ。ダイニングの掃除は私に任せて」

「ええ！　芽衣だって昨日は全然寝てないじゃん。倒れるぞ」

「平気よ、私は」

ホテルにはまだ紅露と沙耶、そして雪女が泊まっている。

ここで手を抜いたらせっかくリピーターになってくれるかもしれないお客様を逃すことになる。

それに八尋と氷雨に、業務に支障をきたすことはしないと約束をしたのだ。ここでへこたれてはなるものか。

十四狼は自分の尻尾を胸の前で抱くようにして、少し考え込んでいたが、「うう。少ししたらもどるからァ……ごめんなあ」と言って、スタッフルームへと入っていった。

……その十四狼の背中が、少しだけぼやける。恐らく寝不足のせいであろう。自分の目頭を指でおさえながら、私はカウンターを出た。と、そこで視界の隅に人影が入った。

振り返って目を凝らすと、悲しげな表情を浮かべた沙耶がラウンジの窓に寄り添うようにして立っていた。しかもよく見ると、その姿を少し離れたところから紅露がじっと見つめているではないか。

図式としては完全にアウトな光景だ。

私は壁掛け時計をちらりと確認する。時間に余裕はないけれど、見過ごすわけにはいかない。

掃除道具をフロントの死角へと置き、慌ただしさを感じさせないようゆったりとした歩調で紅露へと歩み寄った。

「……お声、かけないんですか？」

「うわっ、な、なんだ。いきなり話しかけるな」

「ちょうどお一人ですし、声をかけるチャンスなのでは？」

「……それは、そうなんだが……」

ぽっと頬を赤らめる紅露は、自分の指先を絡めてもじもじと弄《もてあそ》ぶ。ええい、じれったい。

「じゃあ、私が声をかけてきますね」

「え？　ま、まて！　まだ心の準備が！」

後ろから聞こえる制止を振り切って、大股《おおまた》で沙耶の元へ近づいていく。

「植村様。こんなところにいては、お風邪を召しますよ」

相変わらず館内は妖《あやかし》を基準に空調を設定しているため、人間の沙耶にとっては肌寒いであろう。すっかり慣れたと思った私でも、疲れてくると体がぞくぞくとしてしまう。

「……ああ。いいえ。大丈夫です。ありがとうございます」

「外になにかありましたか？」

「いいえ。この霧、全然晴れないなあと思いまして……」

この霧は私がここに来て以来、一度も晴れたことはない。昼夜関係なく、館全体を飲み込むように深く深く立ち込めているのだ。

同様に天気も、常に昼間でも暗雲が広がっていて、お世辞にも見晴らしがいいとは言えない。

霧雨ホテル時代には、こんな陰鬱《いんうつ》な風景を見たことがなかった。

たとえ妖力のせいだとしても、やはりこうして変わり果てたホテルを見るのは、心が痛む。

「……ああ」

「今朝、荷物を持って外出したんですが、二時間くらい彷徨《さまよ》ってまた戻ってきちゃったんです。電話もぜんぜん繋《つな》がらないし……まいっちゃいます」

……え？　そんな馬鹿な。

今まで連泊していたお客様の中には、外で用事を済ませてホテルに帰ってくる方もいた。

「あの仮面を被《かぶ》った方に、タクシーを呼んで欲しいとお願いしたんですけど、どうやらここには来ないみたいですね。あっさり断られちゃいました」

「手配が行き届かず、申し訳ございません」

人間が立ち入らないよう霧を深めているのだから、タクシーなどもっての外だろう。

私は柱の陰でやりとりを見つめる男を振り返った。

妖と縁が深かった者が迷い込むということは、沙耶が帰れない原因として、紅露の情念が関係しているのかもしれないな、と心の中で呟《つぶや》いた。

「植村様。今は霧が晴れるまでは、神様がくれた休日と思ってごゆっくりしてみたらいかがでしょうか」

「……そう、ですね。確かにそうやって切り替えたほうがいいのかもしれませんね」

適当なことを言っていると我ながら思ったが、なんとか上手《うま》く丸め込めたようだ。

幸い、沙耶はこの霧に妖が絡んでいるというところまでは流石《さすが》に思い及んでいないようで、それ以上霧の話については追及してこなかった。私は間を見計らい、

「そうだ、よろしければお庭でご散策などいかがでしょう」

「……散策？」

「ええ。当ホテルの庭は、様々な種類の花が咲き乱れて、とてもいい香りがするんですよ。門の外ほどは霧も深くはないので、気分転換に如何《いかが》ですか？」

庭は以前泊まっていた斑目《まだらめ》の妖力のおかげで、日に日に活気を取り戻していった。紅茶にすると美味しいハーブや花が採れると、氷雨が小躍りして喜んでいるぐらいに、最近ではそこそこ景観も良い。

「……へえ……それもいいかもしれない」

よし！

私は自分の私物であるケープを沙耶に貸して、正面玄関から庭へ向かう道を教えてやり、彼女が外へ出ていくのを確認してから、やりとりをずっと聞いていたであろう紅露に視線をやった。

紅露は私の意図に気づくと、神妙な顔で頷《うなず》く。そうしてやや距離をとったまま、沙耶の後ろ姿を追いかけていった。

ラウンジからは庭の様子が一望できるため、その場に立ったまま見守っていると、やがて紅露が小走りに沙耶へ近づいていくのが見えた。

沙耶は驚いたように振り返ったが、すぐにそれは柔和な笑みに変わった。

どうやら上手くいったようだ。

肩を並べて語らう二人は、人間と付喪神とは思えないほど、お似合いである。

あのまま二人が結ばれればいいのに。私が心の内でそう呟いた、その時だ。

「芽衣」

突然名前を呼ばれて振り返ると、いつの間にか背後には八尋が立っていた。相変わらず足音もなく忍び寄ってくる男である。

「八尋さん。まさか、ずっと見てたんですか？」

「……いい加減にしておいたらどうだ。本気であの二人が結ばれると思っているのか？」

「それは……」

「妖と人間の恋など、砂のように脆《もろ》いものだ。あの男の行動は、膿《う》んだ傷口を自ら掻《か》き毟《むし》っているようなものだぞ」

八尋は至極他人事《ひとごと》のように、淡々と、なんの感情もこめられていないような口調で言った。

「なんでそんな意地悪なこと言うんですか。そんなこと分からないじゃないですか」

「人間の気は移ろいやすい。人間の心は、とどまっていてはくれない。体も、記憶も、その魂すら、私たち妖より遥《はる》かに虚《うつ》ろで、風化しやすい」

八尋は吐息混じりに囁き、きゅっと革靴の底を鳴らして歩み寄ってくる。思わず体を引いて、距離を取ろうとした私の手を、八尋は強引に摑《つか》んだ。眼前に、銀の仮面が広がる。

「彼らは、忘れた存在のことすら簡単に忘れてしまうんだ」

「や、八尋さん。誰のことを言っているんです？」

「……誰のことを、言っているんだと思う？」

はたと気づくと、私はいつのまにか資料室の時のように、ラウンジの壁に背中を押し付けられるような形で八尋に囲い込まれていた。

咄嗟《とっさ》に身体をひねって離れようと思ったのも束の間、私の頭の脇に、八尋が両手をついた。

……に、逃げられない。

私より頭一つ分ほど身長差のある八尋の姿は、やはり迫力がある。

そして私を仮面越しに見据えてくる、緋色《ひいろ》の瞳《ひとみ》。じっと見つめていれば、魂ごと引きずり込まれてしまいそうな、異様な光彩。やはりこの男は恐ろしい。この男は、人間ではない。妖だ。妖なのだ。

「八尋さん、お、怒りますよ……っ」

「君は、いつも私に怒っているな」

「……あ、当たり前じゃないですか。こんなことされて嬉《うれ》しがる女なんていませんよ」

「夫婦なのにか」

「だからそれはホテルのための契約で、私は八尋さんのこと、これっぽっちも好きじゃないんですってば」

「そう言われても、どうしたら君に気に入られるのか分からない」

「かっ、簡単です。このホテルを返してくれれば、少しは八尋さんを見直します」

「それは無理だ」

「だから勝手だって言ってるんです。あなたのせいで霧雨ホテルはぼろぼろになってるのに」

「……また怒るのか？」

八尋の手が、私の肩を引き寄せるように背中に回された。ひやりとした冷気が、私の身体に絡みつく。

「やめてくださいったら！」

思わず力いっぱい突き飛ばすと、八尋はあっけなく私から離れた。

「そもそも、あなたは私のことを知っているんですよね？　だから私を妻にしようと言い出したんですよね？」

「それは二度と訊くなと言ったはずだ」

「何度でも訊きます。八尋さんが答えてくれるまで」

だが八尋はその場に立ち尽くしたまま身動《みじろ》ぎ一つしようとしない。私は八尋から視線を外さず、そのままぎりっと睨《にら》み据えた。

八尋とこうして対峙《たいじ》すると、薬指が熱を持ち、ギリギリと締め上げられるかのように激しく痛む。

まるで、傷ついた八尋の心が私を激しく責め立てているかのようだ。

「あなたは、一体誰なんです？」

しかし八尋はただ黙ったままでいる。何も話すつもりはない。そういうことなんだろう。

そんな八尋を見ていると、苛立《いらだ》ちとはまた違った感情が胸の奥に満ちてくる。

その理由が、自分でも分からない。

「……もう、いいです。仕事に戻ります」

これ以上は埒《らち》があかない。そっと視線を逸《そ》らし、顔を伏せたまま八尋の脇を通り過ぎようとした。しかしその直後、今まで身動きひとつしなかった八尋に強引に腕を掴まれ、力ずくで引き寄せられた。

「……忘れるな、芽衣。何があっても、君は私の妻だ」

初めて聞く、たっぷりと情愛のこもった囁《ささや》き声。冷たい吐息に耳朶《じだ》をくすぐられ、私は自分の顔が一気に真っ赤になっていくのが分かった。だが八尋はそんな私に構わず、何事もなかったように手を放すと、一度も振り返ることなく大階段を上っていってしまった。

八尋の姿が見えなくなって自分の耳に手を当てた。まるで強烈な口づけを交わしたかのように、耳が熱く脈打っているように思えた。

……一体どういうつもりであんなことを言うのだろう。

いつの間にか、八尋に翻弄《ほんろう》されている自分がいる。

「……な、なんなのよ、もう」

と、私が独り言を呟いたのと同時に、突然激しく玄関扉が開け放たれた。ハッとして振り返ると、紅露がわきめも振らず、こちらに走り寄ってくるのが見えた。

「紅露様？」

しかし紅露は私が呼び止める声も聞かず、そのまま大きな足音を立てて階段を上っていってしまった。

その後、少し遅れて追いかけてきた沙耶は、私と目が合うと気まずそうに俯《うつむ》くのだった。

3

「紅露様、本日のお食事はどうされますか？」

二〇二号室の前で、こんこんと扉を叩《たた》く。だが紅露からの返答はない。

さっきまで沙耶と楽しそうに話をしていたのに。……一体何があったんだろう？

「スペアで開けちゃえば？」

十四狼は私を見上げたまま、悪戯《いたずら》っぽく笑った。

「……仕方ないわね。フロントに戻りましょうか」

……階段を駆け上がる紅露の顔が忘れられない。

『本気で、あの二人が結ばれると思っているのか？』

『妖《あやかし》と人間の恋など、砂のように脆いものだ』

八尋の声が脳裏をよぎる。彼の言うとおり、やはり余計なことをしてしまったんだろうか。

でも、私は……。

十四狼と共にフロントへ戻ってきたはいいものの、スタッフルームから聞こえてくる従業員たちの声が頭にガンガンと響いてきて業務に集中することができない。

それに頭に霧がかかってしまったみたいに、考えがとっちらかって仕事が一向に進まない。

「すみません、頭痛薬を頂けませんか？」

「……え？　あ、植村様」

聞き覚えのある声に顔をあげると、いつの間にかカウンター越しに沙耶が立っていた。

お客様の気配にも気づかないなんてと反省しつつ、備え付けの薬箱から一回分の薬を取り出して手渡した。

「お体の調子が悪いのですか？」

「……ええ。川になんて入っちゃったから、風邪引いたのかもしれません」

私はそこで初めて沙耶の目元に隈《くま》が広がっているのに気がついた。

……業務はおろそかにしないと言ったくせに、お客様の体調に全然配慮ができていない。

沙耶に悟られないように、カウンターの下で自分の手の甲を強くひねった。気合を入れなければ。

しかし沙耶は薬を受け取ってもすぐに部屋に戻ろうとせず、まるで独り言のように、

「……もしかしたら、万年筆を捨てたバチが当たったのかもしれません」

「バチ、ですか？」

「……はい。あの万年筆はずっと大切にしていたのに、あたしの都合で粗雑に扱っちゃったから。こうやって大事な時に帰ることもできなくなってしまったんだと思うんです」

沙耶の言葉に引っ掛かりを覚えて、

「あたしの都合……とは？」

「……想いを、初恋を断ち切ろうとしたんです」

「え？」

「……実はこのホテルに来た日、付き合っている方にプロポーズをされたんです」

私は思わず目を見開いた。

「だけど、あたしはその返事が出せていなくて」

「どうしてですか」

沙耶は眉根《まゆね》を寄せて軽く下唇を噛《か》むと、恥ずかしそうに目を伏せた。

「こんな年になって、何言ってんだって感じなんですけど。……子供の頃、いつか迎えに来てくれると約束した人を待ってるんです」

それは、まさしく紅露のことではないか。

「あの万年筆は約束の証《あかし》なんです。あの万年筆を持ってる限り、あたしと彼の絆《きずな》は消えないような気がしていて」

「……」

「でも、いい加減、十数年前の約束なんて忘れてしまおうって決意して、川へ捨てたんです。だけど、手放してからすっごく後悔が押し寄せてきて……。深夜まで川に入って捜していたら、いつのまにか辺りに霧が立ち込めてきて、帰れなくなってしまった、というわけなんです」

「……植村様は、それが万年筆のバチだと？」

「はい。……きっとあたしが彼との約束を忘れようとしたから、恨まれてしまったのかなあって。って、馬鹿みたいですよね」

「いいえ。そんなことはありません」

沙耶は私の言葉に、控えめに薄く微笑んだ。

「……植村様は……その初恋の方の、どんなところが好きだったんですか」

「彼はいつもあたしの味方でいてくれたんです。困ったことや、悩んだことがあったらいつも手を引いてくれて……優しいところが大好きでした」

「……」

「そういえば、あの紅露という人……、なんとなく彼に似ているような気がしていて。もしかして、なんて思ったんですけど」

「えっ、いや、あの」

「でもちょっと年上すぎますよね。彼はあたしよりも年下だったはずですもの」

「いや、彼は年のとり方が人間とは違って……」

そこまで言ってしまってから、咄嗟《とっさ》に口元を押さえた。

ここで私が伝えてしまっては、紅露が人間ではないことがバレてしまう。

わざとらしくも咳払《せきばら》いをして誤魔化しながら、

「あ、あの……もし、もしもですよ。紅露様が初恋の方だとしたら、どうしますか？」

「……さあ、どうなるんでしょうね」

沙耶は力ない微苦笑を浮かべた。

「……分からないんです。自分の気持ちが。……私は、一体何を待ってるんでしょうね」

「……植村様」

「おかしな話に付き合ってくれてありがとうございました。今日は部屋で大人しくしています」

「あ、はい。もし他になにかご入り用でしたらお申し付けください」

沙耶は「ありがとう」と微笑むと、ふらつく足取りで部屋へ戻っていく。

しかしワンピースから伸びるその異様なまでにやせ細った脚を見て、どきりとする。

『このホテルは妖力で満ちているわ。命を削るようなものよ』

……このホテルに初めて来たとき、氷雨は私にそう忠告した。

人間にとってこのホテルに長居することは、本当に危険なことのようだ。

このままでは、沙耶が倒れるのも時間の問題なのかもしれない。

けれど、恐らくこのホテルは沙耶を帰すことはないのだろう、と直感が告げている。

紅露が沙耶への未練を断ち切らない限り、永遠に沙耶はこのホテルを彷徨《さまよ》うのかもしれない。

「アンタ、いい加減にしたら？」

不意に後ろから声をかけられた。振り返ると、そこにはいつの間にかカウンターに入ってきたのだろう。氷雨が難しい顔をして立っていた。

「そ、そんなこと言わないでください。まだあの二人は何も始まっていないですし」

「違うわよ。アタシが言ってんのは、アンタのことよ。もうそろそろ、死ぬかもね」

「……え」

「ここが妖力に満ちたホテルだってこと、忘れないほうがいいわよ。ま、アンタがどうなろうが、アタシは知ったこっちゃないけどね」

氷雨は唇の端に、にやりと不敵な笑みを浮かべた。そうして、私が口を開く間もなく、くるりと背を向けると、さっさとスタッフルームへと戻っていってしまった。

閉じた扉の音を背後に聞きながら、宿泊帳の上で小さく拳《こぶし》を握り締める。

今更そんなことを言われるまでもない。ゆるりと首を横に振る。

その視界が、一瞬だけぶれたように滲《にじ》むのだった。

＊＊＊

その夜のことだ。

ダイニングで夕食の後片付けをしていると、今まで頑《かたく》なに引き篭《こも》っていた紅露がふらりとやってきた。

「あ、紅露のお客様。なんだよ、もう飯片付けちまったぞ」

十四狼がからかうように言ったが、紅露は力なく首を振ると、「……いい。食欲がない」と呟《つぶや》いて、適当にその辺の椅子に腰を下ろした。

「……どうされたんですか？」

「この時間にここに来れば、あなたたちに会えると思ったんだ。昼間はみっともないところを見せた。分かっていても、やっぱり沙耶の口から恋人の話を聞くのは耐えられなかった」

「……沙耶さんから、事情を聞きました」

「……そうか」

「沙耶さんに恋人がいると知った上で、私たちに『仲を取り持て』と言ったんですね」

紅露は私の問いに、素直にこくりと頷《うなず》いた。

「沙耶のことはなんでも知ってるって言っただろう」

「……」

「沙耶がぼくを捨てても、きっと捜してくれることもわかっていた。だから、わざと姿を消してこのホテルに誘い込んだんだよ」

「えっ、なんで！」

十四狼は驚いたように声をあげて、紅露の服を摑《つか》んだ。

「なんでって？　決まってるじゃないか。……沙耶のことが、好きだから」

紅露は言いながら、懐から沙耶が描いたあの結婚式の絵を取り出した。

そうして、慈しむように、絵の線を指でなぞりながら、

「ぼくは大した妖力も持たない付喪神だ。沙耶とは永遠に結ばれることはない。たとえこちらの世界に沙耶を引きずり込んでも、すぐに妖力が尽きて共に朽ち果ててしまう。そんなことは分かってる。でも、でもな……」

ぐしゃり、と紅露は縋《すが》るように紙を握り込める。

「ぼくは、ずっとこの日を夢見ていたんだぞ。沙耶となら、絶対に結ばれると信じて……。

妖力を溜《た》め込むために、沙耶に会うのも我慢して、ずっとずっと見守っていたんだ。それなのに……」

「……」

「ぼくを忘れようとするなんて、あんまりじゃないか……」

『人間の気は移ろいやすい。人間の心は、とどまっていてはくれない。体も、記憶も、その魂すら、私たち妖より遥《はる》かに虚ろで、風化しやすい』

絵を見つめる紅露の目尻《めじり》には大きな涙の粒が滲んできて、きめ細かな頬をすうっと滑り落ちていった。

「……妖と人間の恋なんて、所詮《しょせん》まやかしなんだってことは分かってた。でも、それでもぼくはずっと恋をしていたんだ。……人間みたいに」

「……紅露様」

「……ぼくはずっと沙耶との結婚だけを夢見て『存在』してきた。でも、もう……これ以上存在している意味が見当たらない。ぼくは、もう消えてしまいたい」

十四狼はもらい泣きをしてしまったのか、僅《わず》かに目と鼻の頭を赤くして、自分の尻尾《しっぽ》を抱きしめながら、励ますように紅露の足を撫《な》でていた。

このまま、私は何もできないのか。

こんなにひどく傷ついているお客様に、私は何もしないままなのか。

いや、そんなことはない。きっと何か役に立てることがあるはずだ。

紅露が想いを成し遂げられるような、何かが……。

ぐるぐると思考を巡らせていると、

「……あ。そうだ」

閃くものがあって思わず声が出てしまった。そんな私を十四狼は怪訝《けげん》そうに見上げてきた。

また八尋や氷雨から、ホテルマンとしての範疇《はんちゅう》を超えると言われるかもしれない。

でも、ここは霧雨ホテルだ。誰に何を言われようとも、霧雨ホテルの信念に基づくだけだ。

「……紅露様。私に少々お時間をくださいませんか」

そう言うと、紅露は物言いたげな視線をくれる。

そんな彼に、私は深く頭を下げたのだった。

4

「いきなり衣裳《いしょう》室に入ってきたかと思えば、何のつもり？」

地下にある衣裳室に入ると、すでにそこには氷雨がおり、入ってきた私と十四狼を見て目を瞬《しばたた》いた。

衣裳室はまるでクローゼットをそのまま部屋にしたような内装だ。備え付けの棚には衣服がぎっちりとしまいこまれ、そこに入りきらなかった衣服は段ボールに詰められている。しかしその段ボールも氷雨が半ば私物化しているような状態で、あちこちに中から引っ張り出された衣服が部屋中を埋め尽くすように散らばって、ところどころ服の山が出来ていた。

おそらく祖母のものだけではなく、氷雨のコレクションも混じっているんだろう。見覚えのある服よりも、やや派手な服の方が多く目に付いた。

そんな自分の聖域である衣裳室に立ち入られたのが不満なのか、氷雨は不機嫌そうに唇を尖《とが》らせて部屋の外から腕を組んで私を睨《にら》みつけた。

「何も今着ようってわけじゃないです。ここにウェディングドレスとタキシードってありましたよね？」

「……へ？　まあ、あるけど。アンタついに八尋と？」

「違います。着るのは私じゃないです」

「じゃあ、誰が着るのよ？」

「説明は後でしますから、一緒に探してくれませんか？」

「んもー。……ううん、どこにしまったかしらねえ」

氷雨は服のことだからか、文句を言いながらも協力してくれる気になったようだ。まるで服の海の中を進むように、部屋を引っ掻き回すようにしながら捜索すること数十分。

ようやく大量の服の下から引きずりだされたウェディングドレスとタキシードは、どちらも薄汚れ、さらに虫食いだらけでひどい状態であった。特にドレスの方は細かな装飾が千切れ、直すにはかなりの時間を要しそうだ。

「うわあ、ぼろぼろですね……」

「アンタ、そんなのどうするわけ？」

「修繕して着られるようにするんです。ちゃんとクリーニングして、ここを直したらいけると思いません？」

だが、私の言葉に氷雨は眉《まゆ》をひそめる。傍らにいる十四狼も物言いたげな視線をよこした。

「……本気？　一応訊《き》くけど、アンタ裁縫はしたことあるの？」

「ありません」

「……呆《あき》れた。それでよくドレスを縫おうと思ったわね」

自分でもそう思ったが、ここで引き下がるわけにはいかないのだ。

「お客様がチェックアウトされる前に、なんとかしてあげたいんです」

「無理よ。明後日《あさって》の朝までに、でしょ？　どう頑張っても、これを綺麗《きれい》にできるわけないじゃない」

「やってみなくちゃわかりません」

私が言うと、氷雨はぴくりと眉尻《まゆじり》を上げた。

「八尋にも言われたと思うけど、完全にホテルマンの仕事じゃないでしょう」

「だけど、これが霧雨ホテルのやり方です」

「はあ。……バカな子ねえ。まあ、やるなら勝手にやりなさい。アタシはもう寝るから」

「あ、あの。その前にミシンと針と糸ってどこにあるか知りませんか」

「ミシンなら、衣裳室のどっかにあるんじゃない？　勝手に探して。……じゃ、おやすみ」

氷雨は後ろ手に手を振ると、さっさと部屋を出て行ってしまった。

「……バカな子か」

「……芽衣。俺は頑張るからなぁ！」

私の足元で、十四狼は眠そうに欠伸《あくび》をする。もう帰ってもいいよ、と言おうとしたが、私が口を開く前に、彼はこちらに寄りかかるように眠りについていた。

私はなるべく柔らかそうな服を集めて布団がわりにすると、そこに十四狼の体を横たえた。無邪気な十四狼の安らかな寝顔を眺めていると、つられて眠ってしまいそうだが、ここは耐えなければ。

パンパンと頬を激しく叩《たた》いて、眠気を吹っ飛ばす。

「まずはミシンをさがすぞ！」

……私がその日衣裳室から部屋に戻ったのは午前四時をとっくに過ぎた頃であった。

＊＊＊

目が覚めると、まるで服を着たまま水の中へ飛び込んだかのように、ずっしりと体が重たかった。

「……んんっ」

自分でも情けないうめき声をあげながら、ようやく上体を起こす。

時計を確認すると、時刻は既に六時を少し回っていた。二時間前まで、底冷えする衣裳室で慣れない縫い物をしていたのだ。体が冷え切っているのはもちろん、普段使わない筋肉を使ったせいで、腕の筋や指先も小刻みに震えた。

全身に疲労がたまり、眠くて仕方がない。だが仕事を休むわけにはいかない。

ふらつく足で身体をなんとか支えながら、壁にかけてある鏡をのぞきこむ。

こうしてまじまじと自分の顔を見ると、いつの間にか頬はこけ、目は落ち窪《くぼ》み、血色もすこぶる悪い。

……まさかここまで血の気がなくなっているなんて思わなかった。

それでも、私は自分の体に鞭《むち》を打たねばならないのだ。

もそもそと愚鈍な動作で、まだ僅かにぬくもりが残る制服に着替えていく。

だが支度を整えて、いざ部屋から出ようとすると、突然部屋の電話が鳴り響いた。

……こんな早朝から、誰だろう？

不思議に思いながらも、受話器を取り上げ、「……はい、折原です」と言うと、

『今日は部屋にいろ』

名乗りもせず、いきなり無愛想な言葉で返してきたのは紛れもなく八尋であった。

「どうしてですか」

『体が重たいだろう。館内の妖気《ようき》に中《あ》てられている証拠だ』

「なっ」

……なんでわかったの、という言葉を慌てて飲み込んだ。

「大丈夫です」

『嘘をつけ。倒れるだけではすまないぞ』

「私はずっとホテル業で働いてきました。徹夜くらい慣れっこです」

『ここを人間のホテルと一緒にするな』

「八尋さんになんといわれようとも、日々の業務を疎《おろそ》かにしないという約束もしてます。ここでへばるわけにはいきません」

『意地を張っている場合か。とっくに限界のはずだ』

図星である。だがここで認めてしまえば、八尋のことだ。出勤するなと煩《うるさ》く言うに決まっている。

そうなれば、紅露と沙耶の恋は実らないまま終わってしまうかもしれない。

「私は自分の仕事を全うします」

『……忠告はしたぞ』

八尋は苛立《いらだ》たしげに言い放つと、やや乱暴に受話器を置いたのがわかった。

「……」

……心配してくれたんだろうか。

＊＊＊

「……朝早くから何かと思えば……」

紅露は早朝からタキシードとドレスを抱えて部屋を訪ねてきた私に驚いたように目を見張った。

「……まさか、ぼくのために、わざわざこんなことをしてくれるなんて」

「いいえ。恐れ入りますが、一度寸法だけ測らせて頂いてもよろしいでしょうか」

「ああ、もちろん……。だけど、本当に驚いたよ……」

紅露はそう言いつつ、タキシードの上着を広げて感心したように見入っていた。

「まだボロボロですけど、なんとかして綺麗に仕上げますから。そうしたら、どうか沙耶さんと式を挙げてください。式場も小さいですけど離れにあるので。きっとうまくいくはずです」

紅露は私がそう説明すると、服を私へ戻しながら少し真面目な表情になった。

「なあ。どうしてここまでしてくれるんだ？」

「お二人には、互いの気持ちを確かめるきっかけが必要だと思ったからです。……だから、差し出がましいことは承知ですけどお手伝いがしたくて。それに、紅露様の夢だったのでしょう？」

「だが、万年筆だとバレたら、折原さんたちにまで被害が」

「お客様の幸せを願うことがホテルマンの幸せです。どうかお気になさらないでください」

紅露は自分の横髪を手で撫《な》で付けながら、そっと目を伏せた。

「……本当に、ぼくと沙耶が結ばれると思っているのか？」

「ええ、もちろんです」

「……人間と、付喪神でもか？」

私が力強く頷くと紅露は顔をあげ、

「……そうか。初めてだよ。ここまでこの恋を応援されたのは」

その頬が、みるみる緩んでいく。

「……ぼくと沙耶が結婚、か。……これでようやく、沙耶を迎えにいけるんだな」

＊＊＊

「芽衣、芽衣、芽衣ったらっ！」

名前を呼ばれて、びくんと体が跳ねた。

「……あ、あれ。私……」

はっとして目を開くと、不安そうな表情をした十四狼が私の顔を覗《のぞ》きこんでいた。

「フロントでうたた寝してたよ。少し寝てきたほうがいいんじゃないか？」

「え、ごめん。大丈夫よ……心配してくれてありがとう」

だが、十四狼は小さな手のひらをぺたりと私の額へ当てる。

「……芽衣、このままじゃ、妖気に魂を食べられちゃうぞ。体がすごく冷たいもん」

「……ここで私が抜けたら、業務に支障をきたすわ」

「八尋様と氷雨の兄貴になんか言われたら、俺が守ってやるから。な？」

返事の代わりに十四狼の頭をくしゃりと撫でた。この子の気持ちは嬉《うれ》しいが、現実はそうもいかない。

私はカウンターの隅に隠しておいた縫いかけのドレスを引っ張り出した。

お客様の目に触れないよう注意しながら修繕しようと思ったが、その間も様々な業務が入ってきて、結局全く進んでいない。

「嘘、ほんとにやってる」「芽衣、死にそう」「死んだら消える？」「人間がなんでここまでするの」

私の背後では、従業員たちのささやき声が聞こえていた。恐らくスタッフルームから顔をのぞかせて私の様子を窺《うかが》っているのだろう。けれど、今は振り返る余裕すらない。

これは私が決めたことなのだ。私が自分で乗り切らなければならない。

物が二重にぼける視界をゴシゴシと指で擦《こす》った。

悔しい。時間がないというのに、こんなところでヘコたれる自分の体がただ悔しい。

「芽衣ー。アタシが作り置きしておいたハーブティの葉っぱが見当たらないんだけど、アンタ知らない？……って、その顔どうしたの」

「……あ、氷雨さん」

マイペースな足取りでフロントにやってきた氷雨は、私と目が合うとぎょっとしたように大げさに身を引いた。

「しかも、フロントで裁縫？ ……まだ諦《あきら》めてなかったの？」

「……はい」

「早めに見切りつけたほうがいいと思うわよ？」

「……大丈夫です。なんとかします」

「……。……あ、そ。ま、頑張ってね」

氷雨は一瞬表情を強《こわ》ばらせたが、すぐに元の調子に戻ると、スタッフルームへと入っていった。

しかし針を持つ自分の指は、気丈な台詞《せりふ》とは裏腹に痙攣《けいれん》したように震えていた。

＊＊＊

衣裳《いしょう》室で落ち着いて作業ができるようになったのは、昨日と同じく深夜を回っていた。

徹夜続きのため、意識がしばしば飛びそうになる。勝手に落ちてくる瞼《まぶた》をこれほどまで憎らしく思ったことはない。

その度にしっかりしなくては、と背筋をピンと伸ばし作業に集中する。

裁縫は高校の家庭科以来だ。当時習った授業内容を必死に思い出しながら、丁寧に一針ずつ縫い合わせていく。

……しかし全体を見通すと所詮《しょせん》素人の付け焼刃である。

一ヶ月かかっても、まともに見られるものに仕上がるのかも怪しい。

「……縫い目、ガタガタ……」

縫っては糸を解き……解いては縫い合わせての繰り返し。自分の裁縫技術の乏しさにほとほとうんざりする。

氷雨のように器用であれば、もっと効率よく仕上げることができるのに。

……それに、どうも全身が重たくて仕方がない。体の芯《しん》は心底冷え切っているし、背中には水の滲《し》みた布団でも覆い被《かぶ》せられているかのようだ。

布を持つ手も時間が経つにつれ気怠《けだる》くなってきて、一度針から糸が抜けると再び通すのですら億劫《おっくう》だ。

それに何度自分の指を針で刺したのかも覚えていない。

眠気を吹き飛ばそうと何度顔を横に振ったことだろう。そのせいで頭痛がひどい。

泣きべそはかくまいと決めていたが、深夜にたった一人で地下室にいるせいか段々心細くなっていった。

と、私がため息をついたのと同時に、背後の扉が音を立てて突然開いた。

はっとして振り返ると、そこには片眉《かたまゆ》を吊《つ》り上げた氷雨が立っていた。

「呆《あき》れた。まだ諦めてなかったの？」

「……氷雨さん」

「まさかと思ってきてみれば案の定だったわね。あーあ。しかもなにそれ。縫い目がぼろぼろじゃないの。こんなの客に渡すつもり？」

やはり突っ込まれたか。私は膝《ひざ》の上に置いたドレスを掴《つか》みながら俯《うつむ》いた。

「……縫い直します」

「アンタが縫い直したところで同じよ。だから言ったでしょ。アンタには無理だって」

「……そうかもしれません」

「あら、素直ね」

「でも……これは私のエゴなんです。どうしても、紅露様のために何かして差し上げたいんです」

「……はあ。やっぱりおバカだったか……」

氷雨はおもむろに私の前に膝をつくと、

「こんなんじゃ日が暮れるわ。ちょっと貸しなさい。縫い方を教えてあげるわよ」

氷雨は唇を尖《とが》らせながら、私の手からドレスを手繰り寄せた。

「手伝ってくれるんですか？」

「こんなボロ布みたいなドレスを渡して客が怒ったら、アタシのお庭がまた元の枯れ草ぼうぼうの荒れ地に戻っちゃう。それが嫌なだけ」

言いながら、彼はすいっと私から視線をそらし、ぶっきらぼうな口調で、

「それに考えたらアンタが斑目をもてなしてお庭を復活させてくれたわけだし。……一応義理は通そうかなって思っただけ」

「……氷雨さんって十四狼くんの言うとおり、いい兄貴だったんですね」

思わず思ったままを口にすると、氷雨は私をちらと一瞥《いちべつ》する。そしてそのまま首をすくめ、「ああ」とも「うう」ともつかないうめき声をあげた。だが、その頬は僅《わず》かに上気したように赤らんでいる。

「虫唾《むしず》が走ること言わないでよ。っていうか、そういうことは八尋に言ってあげなさいよ」

「どうしてここに八尋さんが出てくるんですか」

「アンタは八尋の奥さんでしょ。他の男にそんなこと言える余裕あるなら、先に夫を立てるべきでしょ」

「……そう、なんですけど」

「八尋は鈍感だから、口に出さないとわかんないのよ。あんまりあの子に心労を負わせないであげて」

「氷雨さんは、八尋さんと随分親しいんですね」

だが、氷雨は意外にも「親しくないわよ」ときっぱりと言い切った。

「八尋はいつだって、アタシたちには何も話してくれない。今回のアンタとの結婚だって、八尋が何を思ってあんなことを言い出したのか全然わかんないし」

「はあ……」

「八尋はいつもそう。……アタシたちに秘密ばっかり」

氷雨は独り言のように囁《ささや》いた。それは少しだけ、拗ねた子供のような響きを含んでいた。

「……秘密と言えば……、あの……。八尋さんの仮面の下ってどうなってるんですか？」

「……え？　アンタ、まだ見たことがないの？」

「は、はい」

「……ふうん。なら余計にアタシの口からは言えないわよ」

「……」

「って、もう。アタシは無駄話をしにきたんじゃないの。さあ、しっかりドレス持ちなさい」

……はぐらかされてしまったようだ。

私は大人しく引き下がり、「はい」と言って頷《うなず》いた。

しかし私は氷雨へ返事をしたつもりだったが声が出ていなかったようだ。

「芽衣？　訊《き》いてるの？」

は、はい、きいてます……。

「ちょっと、どうしたのよ。本気で大丈夫？」

大丈夫です……。

だが、自分の声はどうやら喉《のど》の奥で掻《か》き消えてしまっているようだ。

おかしい。

徐々に私の顔を覗き込む氷雨の姿まで、二重、三重と重なって、ぐらりと視界が大きく揺れたかと思うと、背中に冷たい床の感触がした。

「やだ、もうっ。だからやめとけって……しっかりしなさい」

氷雨の声が、とても遠い。体が動かない……。

ああ、もう、だめだ。

冷たい手が私の背中に回る。全身にまったく力が入らない……。

＊＊＊

……暖かくてふわふわの毛布に包まれているような感触がした。

きゅっと体を縮めると、毛布越しに力強く抱きすくめられたのが分かる。

そのうち、その手はまるで赤子をあやすかのように、私の体を優しく撫《な》でてくれる。それがとても気持ちよくて、まどろみの中で幸福を噛《か》み締めていた。

それと同時に、ほのかに匂い立つ、鼻腔《びこう》をくすぐる薔薇《ばら》の香り。

私は随分昔に、この匂いを嗅《か》いだことがあるような気がした。

あれは、一体いつのことだっただろう……。

そして、私を抱いてくれているこの手は……。

――。

はたと、唐突に目が覚めた。

視界に広がるのは見知らぬ天井だ。そのままむっくりと身体を起こす。厚手の布団やサテンの毛布が、体に何枚も覆い被せられるようにして掛けられていた。

ここ、どこ……？

一言感想をいうのならば、まるでお伽噺《とぎばなし》に出てくる王家の寝室みたいだ。

頭上からは煌《きら》びやかで派手なシャンデリアが垂れ下がっているし、赤い壁紙には高価そうな絵画が飾られていた。
二、三人掛けの真紅のソファが部屋の中心に据えられており、その前には漆塗りのテーブルが置いてある。そこに壁際の本棚から引き抜かれたのであろうと思われる書物が、山のように積み上がっていて、勉強でもしていたのか、テーブルの上にはペンが転がり、ページを開いたままのノートがそのままになっていた。

室内は人の気配はなく、遠くの方から微《かす》かに時を刻む、時計の歯車の音だけがやけに現実味を帯びて聞こえていた。

私は天蓋《てんがい》付きのベッドの上から、そろそろと這《は》うように抜け出す。ベッド脇には、靴がきちんと揃えられていた。誰かが私をこの部屋に運んでくれたようだ。

普段なら布団から出た瞬間、寒気に襲われるというのに、厳かな暖炉に火がくべられているためか、室内は暖かいままであった。

靴を履いて立ってみると、くるぶし辺りまで埋もれるほど毛足の長い真紅の絨毯《じゅうたん》がふかふかで気持ちが良い。

と、横のサイドテーブルを見ると、そこに綺麗《きれい》に折り畳まれた制服があった。そこで初めて自分が着ているものが見覚えのない寝室着だと気付く。

服をつまんでみると、色とデザインからしてどうやら男物のようだ。たくしあげないと、指先まで隠れてしまうほどサイズが大きい。

一体誰が……！

意識を失っているうちに、見知らぬ誰かに下着を見られたのかと思うと恥ずかしさで悶《もん》絶《ぜっ》してしまいそうだ。一人両頬に手を当てて呻《うめ》きながらも、部屋の中央まで進んでいくと、そこでソファの近くに飾られているやや大きめの絵画が目にとまった。

なんとなく違和感を覚えて、そろりと絵画を外してみる。

するとそこには、私の写真が数十枚、壁にべたべたと貼られていた。

「な、なにこれ……っ」

そのほとんどがこのホテルに来た時のものだった。一体いつの間に盗撮したのか……というものまであって、嫌悪感に鳥肌が立つ。

「……ん？」

しかしその写真の中に、何故か一枚だけ若かりし頃の祖母の写真が混じっていた。

それはこの霧雨ホテルを背景にしたもののようだ。白黒で解像度も粗いため、細部は潰《つぶ》れてしまっているが、それでも判別出来る程度には面影が残っている。

どうして、この写真がここに？

重なり合う写真を指でそろりとめくる。

……祖母のすぐ隣に、黒い服を着た男が立っている？

だが、その顔はマジックでぐしゃぐしゃと乱暴に塗りつぶされていた。

しかしこの背格好や雰囲気には見覚えがある。

……これは、まさか……。

「勝手に触るんじゃない」

「ひゃっ！」

突然後ろから声をかけられて、私は驚いて飛び上がった。振り返ると、鍋《なべ》を抱えた八尋が立っていた。

「まったく、油断も隙もないな」

八尋はやや機嫌を悪くしたように呟《つぶや》きながら、湯気が立ち上る鍋をサイドテーブルへと置いた。そして、指でベッドを指差すと、

「座りなさい」

「いや、でも」

「夫としての命令だ」

「亭主関白ですか」

「じゃあ。支配人としての命令にしよう」

「……ああ言えばこう言う」

「それはお互い様だ」

八尋に強引に腕を掴《つか》まれ、引きずられるようにベッドへと座らせられた。

「……あ、あの。この部屋は？」

「見ればわかるだろう。私の部屋だ」

「……やっぱり。……そこの壁に貼られた私の写真はどういうつもりですか？」

「良く撮れているだろう」

まったく悪びれた様子もなく、むしろ自慢気な八尋の態度にずっこけてしまいそうだ。

「そういう問題じゃなくて。っていうか、いつ撮ったんですか、あれ」

「細かいことを気にするんだな。妻の写真を飾るのは当然だろう」

「いや、なんか違うと思いますけど」

ここまで清々《すがすが》しく開き直られると逆に困る。だが八尋はそんな私にお構いなしで鍋の蓋《ふた》を取って、中をおたまでかき混ぜながら、

「今日はここで寝ているといい」

「えっ！　あ、そうだ。ウェディングドレス！」

はっとして、思わずベッドから勢いよく立ち上がった。

けれどその瞬間、ぐらりと足元が波打ったかのような目眩《めまい》を起こし前のめりになった。

姿勢を崩す直前に、すかさず八尋の腕が伸びてきて、片手で受け止めるように支えてくれた。

「聞こえなかったのか。寝ていなさい。客は紅露だけじゃない。その客に君の死人のような顔を見せるつもりか？」

「……そんなに私の顔、ひどいですか」

「顔だけじゃないけどな。従業員たちには君が倒れたと伝えてある。今日は休みもとらせると言っておいた」

下唇をぎゅっと噛みながら、大人しくベッドに座り直した。

ざまあない。

業務に支障は出さない、やりきってみせると啖呵《たんか》を切ったというのに、結果はこのザマだ。

紅露のドレスを繕うこともできず、それどころか二人の仲を取り持つこともできない。

……何もかも、中途半端になってしまった。

「私、倒れたんですね……」

「ああ、そのようだな。氷雨から内線があって衣裳部屋に行ってみたら、もう意識がなかった。案の定、ホテルの妖力に中《あ》てられたんだろう」

「……」

「夫として、こうなる前に君を軟禁状態にでもするべきだった」

「いや、それはやりすぎです。……あ、それともしかして、この服……」

「ああ、私が厨房《ちゅうぼう》に行っている間、氷雨が着替えさせていたぞ」

「あ、氷雨さんだったんですね」

どっちにしろ恥ずかしいことには変わりがないが、まだ氷雨の方がマシなような気がするのはなぜだろう。

と、そこで私は八尋の首筋に汗が浮いているのに気がついた。

もっとよく見れば、仮面のせいで目元の表情は窺《うかが》えないが、口元は締まりなく開き、荒い呼吸を繰り返している。

「八尋さん、具合悪いんですか？」

「……君はその薬指の意味をほとほと理解していないんだな。私の妖力は君に与えている。君が無理をして体調を崩せば、それを補うためにさらに妖力が必要となるんだ」

「まさか一心同体ってことですか？」

「ああ。それが妖《あやかし》の世では夫婦になるということだ」

八尋は短く言い切った。

「……ご迷惑をおかけしました」

「いい。妻の苦しみは、夫のものでもあるしな」

……この男は、どうしてこんなに大胆でストレートな言葉を放つことができるのか。

言葉に詰まって俯《うつむ》く私を、八尋は特に気に留める様子はない。そうして湯気が立ち上る鍋からレンゲで中身を小皿によそうと、

「梅粥《がゆ》だ。登喜彦に作らせた。妖力は抜いてあるから安心して食べなさい」

言いながら、粥が載ったレンゲを私の口元に近づけた。粥は光に当たって表面が艶《つや》やかに輝き、ふやかした甘い白米の匂いと、梅の香りが鼻腔をくすぐる。考えてみれば、忙しさのあまりろくすっぽ食べ物を口にしていなかった。分かりやすいほど単純に、ぐうぅ、とお腹が鳴る。

「ありがとうございます」

だが、八尋からレンゲを受け取ろうとすると、彼はさっとその手を引いた。

「口を開けなさい」

その言葉の意図をすぐに察して、思わず八尋を凝視する。

「いや、やめてくださいよ。子供じゃあるまいし」

「君が倒れたおかげで、私は随分妖力を失ったんだぞ」

「それを言われると……」

「ほら、あーん」

恥ずかしくて顔から火が出そうだ。でも助けてもらった手前、断りにくい。

最終的にプライドより食欲が勝った。大人しく八尋の指示に従って口を開くと、そこへほどよい温度の粥がのったりと滑り込んでくる。舌の上でとろけそうなほど煮詰めた粥は、嚙《か》むと甘い米の味が広がり、絶品だ。

「……美味《おい》しい、です」

「そうか」

八尋の声はどこか弾んでいて、嬉《うれ》しそうであった。

「登喜彦が、君のことを随分心配していたぞ」

「え。八尋さんも、登喜彦さんと話せるんですか」

「何言ってるんだ。やつはホテルでも一番のおしゃべりだろ」

「……は、はあ」

「まあ、うちにいる従業員たちは皆程度はあるが人見知りだからな」

「……あの。八尋さんはどうして霧雨ホテルで妖たちのホテルを経営しようと思ったんですか？」

そこでぴくりと八尋の手が止まり、ちら、と僅《わず》かに私へ視線をよこす。だが、今まで饒《じょう》舌《ぜつ》だった唇は固く引き結ばれ、再び手を動かし始めた八尋は、

「……あまり喋《しゃべ》ると、体に支障をきたすぞ」

話は終わりだと言わんばかりに言い放ち、やや強引に粥が載ったレンゲを私の口元へ押し当てた。それをこくりと飲み下しながら、じっと銀の仮面を見つめる。

顔を塗りつぶされた写真……。この仮面の下には、きっと何か秘密がある。

もしかしたら八尋の顔を一目見れば、胸につかえるもやもやが、晴れるかもしれない。

……知りたい。少しだけでも。八尋の素顔を……見てみたい。

おもむろに八尋の仮面へ手を伸ばした。しかし案の定、指先が触れる前に、私の手首を八尋が摑んで止めた。

「──よせ、芽衣。この仮面の下を見たらいけない」

「どうしてですか」

「私は、君が思っているよりも人間ではないんだ」

「これ以上はぐらかされるのは嫌なんです。素顔を見せてください」

そう言うと、八尋は喉《のど》の奥で「くっ」と小さく笑った。

「君はここぞという時に肝が据わるな。美空にそっくりだ」

「……そんなに似ていますか？」

「ああ。彼女は人間だというのに物怖《ものお》じすることがない。私たち妖にも分け隔てなく接していたよ」

「ちょっと待ってください。もしかして、霧雨ホテルを経営していたときから、お祖母《ばあ》ちゃんは妖と交流があったんですか？」

「……今ほどじゃなかったがな。人間の世に紛れて生活する妖も泊まることができた」

衝撃的だった。まさかの事実に咄嗟《とっさ》に声が出てこない。

「美空は妖を人間と同じように扱っていたよ」

「お、お祖母ちゃんは、『誰に対しても平等に心を込めて接しなさい』と私によく言い聞かせていました。もしかしてそれって……」

暗に、妖のことも含まれていたのだろうか。

「なかなかできることではない。だが、私たちにとっては特別なことだ」

八尋は昔を懐かしむような口調でささめいた。

もしかしたら、私が祖母の手伝いをしていた時のお客様の中にも、妖が混じっていたのかもしれない。知らず知らずのうちに、妖と交流していたのかと思うと、なんだか奇妙な心地だ。

「でも、それなら余計悲しいです」

「……なにがだ」

「お祖母ちゃんは、妖と人間、どちらも分け隔てなく泊めていたのに、このホテルでは人間を泊めませんよね。それってお祖母ちゃんが一番望まないことだと思うんです……」

「……だったら、一日も早く、私から支配人の権利を奪うことだな」

直後だった。八尋はやや乱暴に私の肩を掴むと、そのまま力ずくで私をベッドへと押し倒した。

「ひゃっ！」

驚いて目を見張る私に構わず、八尋の手が無遠慮に伸びてくる。思わずぎゅっと目を閉じて身を硬くしていると、手袋越しにひやりとした八尋の手のひらが私の額に押し当てられた。

「……ほう。随分あたたかくなったな。体温が戻ってきたのではないか？」

はっとして目を開く。おずおずと上目遣いのまま見上げると、八尋は少しだけ寂しそうに、

「……いや、そんなに警戒されるとさすがに傷つくんだが」

「あ、当たり前じゃないですか……。この状況で警戒しないほうがおかしいですよ」八尋は
勘違いだったとはいえ、体勢が体勢なだけに恥ずかしいことには変わりがない。

微苦笑を浮かべると、すっとその身を引いて立ち上がった。

「私は強引なやり方は好かない。安心するといい」

「ど、どの口が言うんですかっ！　いつも強引なくせに！」

「それとこれとは話が別だろう」

まるで茶化すように言って、空になった鍋《なべ》と小皿を持ち上げると、

「今日はここで眠っていなさい。君の部屋よりは寝心地がいいと思うからな」

八尋はそう言うと、私が返事をする間もなくさっさと部屋から出て行ってしまった。

——不思議な男だ。

真正面から向き合おうとすれば、するりと脇を通りすぎ、かと思えば不意打ちで後ろから抱きすくめてくる。

……いつのまにか私は八尋に翻弄《ほんろう》されている。

手のひらを広げて、契約の証《あかし》である薬指の痣《あざ》を見つめた。

「……夫婦、か」

八尋の靴音が遠ざかっていく。

やがてそれが聞こえなくなったのを確認すると、私はいそいそと制服に着替えてなるべく音を立てないよう気を配りながら部屋の扉を押し開いた。

八尋にああは言われたものの、私には大切な仕事がある。

部屋を出る途中、ちらりと視界の隅に映った古時計は、『六時』を少し過ぎている。窓の外を見る限り、今は恐らく夜だ。倒れてから約半日眠りこけていたということになる。

ここでこれ以上、時間をロスするわけにはいかない。

まだ歩くと足元はふらつき、目眩《めまい》もするものの、体は寝る前より軽くなっていた。

廊下に出て八尋の姿が見当たらないか気を配りながら、そろりそろりと一階へ降り立つ。

私が休んでいた間、誰も仕事をしていないために、フロントは不自然なほど静まり返っていた。

はやる気持ちを抑えながら、地下へと繋《つな》がる狭い階段を下りていった。

「……ん？」

しかし薄暗い地下道は、何やら人の声が響いている。不思議に思いながらも足を進めていくと、衣裳室《いしょう》の扉の下からは明かりが漏れていて、中からははっきりとした話し声が漏れ聞こえてきた。

恐る恐る扉を開くと、同時にわっと堰《せき》を切ったようにその声が大きくなった。

衣裳室には、氷雨や十四狼、そしてホテルの従業員たちが集まっているのだった。

思いがけない光景に、私が呆然《ぼうぜん》としていると、中央に座った氷雨が気づき、

「……あら、もう動いていいの？」

と声をかけてきた。それに気づいた十四狼も、

「あ、芽衣！　心配したんだぞ。大丈夫か？」

その二人の手には、ドレスと、その生地に縫い付けるための飾りが握られている。いや、二人だけではない。ろくすっぽ話をしたこともない従業員たちまでも手伝ってくれているのだ。

「あ、あの、これは一体？」

「……別にただの気まぐれよ。なんとなく、アンタのことが放っておけなかったの。それだけ。アタシの裁縫技術に感謝しなさいよね」

氷雨はぶっきらぼうな口調でそう言い、ぷいっと顔を逸《そ》らす。従業員たちも、彼と同じく恥ずかしそうに目を伏せた。

私は腰が抜けたようになって、ぺたんとその場に座り込んだ。

まだ彼らは私のことを完全に受け入れてくれているわけではない。

けれど、ほんの少しだが彼らの心を動かすことができたのかもしれない。

「ありがとうございます」と頭を下げて礼を言うと、氷雨は私の顔を見ないまま、冷たい手で私の頭をぐしゃぐしゃと撫《な》でた。

そんな私たちの様子を眺めながら、十四狼は少し不安そうな表情で、

「芽衣……沙耶と紅露、何時に出て行くんだ？」

「えっと、明日《あした》の昼頃を予定していたはずよ」

「……まあ、最悪ドレスとタキシードはアタシだけでも間に合うけど……アンタ、チャペルの掃除って終わってるの？」

「あっ」

言われて初めて気がついた。ドレスのことですっかり忘れていたが、肝心の式場の準備が出来ていないじゃないか。私の表情で察したのか、従業員は戸惑ったように顔を見合わせる。

「まいったわねえ。チャペルはさすがに数時間じゃ終わらないわよ」

「と、とりあえず今から掃除を……」

と、その時だ。ギィ、と軋《きし》んだ音を立てて扉が開いたかと思うと、その隙間からぬっと銀の仮面がのぞいた。

「部屋にいなかったから館内中を捜した。氷雨まで何をしているんだ」

「暇つぶしよ」

「……そうか。芽衣は預かっていくぞ。まだ体調が戻っていないだろうからな」

八尋は短く言って、扉の前で座り込んでいた私の腕をむんずと摑《つか》んだ。

「待ってください。私には時間がないんです！　明日の昼までにチャペルを掃除しにいかないといけないんです」

「……チャペル？　あの離れにある式場か。何をするか知らないが、すぐ使えるような代物ではないぞ」

「そんなことわかってます。だから今は一分一秒が惜しいんです」

だがそこで、氷雨が「あっ」と声を発して、口元に手を当てた。

「忘れてたわ。切り札がいたわね」

「……あっ。そうだ。八尋様なら、ホテルの時間を止められる」

「え。そんなことができるの？」

「な、なんだ？」

部屋にいた全員から、期待をこめた眼差《まなざ》しで見つめられて、八尋は少し戸惑いながらも、

「……。……ほんの少しだけだ。私の今の妖力では、せいぜい一晩ぐらいが限界だぞ」

「すごいじゃないですか！　一晩もあれば今からみんなで掃除すれば間に合うかもしれません」

だが喜ぶ私を見て、八尋はふいっと顔をそらすと、まるで拗《す》ねたように唇を尖《とが》らせ、

「ただでは嫌だ」

「……まさか、また取引をしろってことですか？」

「ああ」

「……。……何をしたら力を貸してくれるんです？」

「……そうだな。これからは私と夫婦らしく、毎朝朝食を共にするというのはどうだ」

まさかこの期に及んでそんなことを言い出すとは思わなかった。

「八尋さん。実は密《ひそ》かに前のこと根に持っていたんですね」

「失敬だな。私は当然の権利を主張しているだけだ」

「分かりましたよ。朝食に付き合えばいいんですね」

「毎朝だからな」

八尋は念を押すように言うと、懐から黄金の懐中時計を取り出し、時計の針をそっと指で触れた。

そして一言、八尋が皆には聞き取れない言葉を唱えると、キン、とした耳鳴りと同時に生暖かい風が頬を撫でた。皆が目を瞬《しばた》かせて見守っている中、八尋はパチンと時計の蓋《ふた》を閉めた。そうして、

「行きなさい」

八尋がぽつりと呟《つぶや》いたのと同時に、従業員たちが一斉に立ち上がる。私もつられて腰をあげ、半信半疑のまま部屋の外に出た。と、目の前の光景に息を呑《の》む。地下道を照らす蠟《ろう》燭《そく》の炎が、揺らめくことなく、ぴたりと写真のように動かないのだ。

さらに壁を這《は》う虫や、小ねずみまでも、まるで剝製《はくせい》のようにその動きを止めている。

本当に時間が止まっている……？

にわかには信じられないことだが、この男は妖《あやかし》なのだ。今更疑う理由もないのかもしれない。

私は連なって出ていく従業員たちに置いていかれないよう、足早に後ろを追いかけようと足を踏み出した。だが、後ろから八尋に手首を摑まれる。

「芽衣。君は行くな」

「えっ、でも」

「そうよ。チャペルの掃除はあいつらに任せておきなさい。アンタはドレスの仕上げ。ほら、ちゃんと縫いなさい」

「そ、そんな。私が行かない訳には」

「やるときはやる子達だから、だいじょーぶ」

「……もうこれ以上私に心配をかけさせるな」

八尋は私の手を放さないまま、その場に崩れ落ちるように座り込んだ。引きずられるようにして、私も八尋の隣へ腰を下ろした。

どうやら相当な妖力を消耗したようだ。脚を軽く折りまげて座る八尋の首筋からは汗が何筋も伝っており、呼吸も荒く、唇もやや血色が悪い。

「……八尋さん。ごめんなさい。でも、ありがとうございました」

「……。……いいんだ」

八尋は囁《ささや》くように言って、後ろの壁に頭を預けると、眠るように動かなくなった。

5

「待ちくたびれたぞ。ようやく仕上がったのか」

翌日の早朝。私はふらつく体を、八尋に付き添われながら紅露の部屋の扉を叩《たた》いた。ややあって顔をのぞかせた紅露の鼻先に、仕上がったばかりのウェディングドレスとタキシードを差し出した。

紅露は私からそれらを受け取ると、ぱあっと顔を明るくして瞳《ひとみ》を輝かせる。

「とても綺麗《きれい》に仕立ててくれたんだな……」

「私だけではありません。当ホテルスタッフたちが、気持ちを込めてお仕立てしました」

「そうか。……何と礼を言ったらいいか……」

紅露は頰を赤くすると、嬉《うれ》しそうに微笑みを浮かべる。

「沙耶によく似合うだろうなあ」

「ええ。お二人共、とてもお似合いだと思います」

「ああ、これで本当にぼくの夢が叶《かな》うよ。このホテルに来て良かった……」

「……ありがとうございます。……っ」

だが、やはりだいぶ無理がたたっているのか、堪《こら》えが利かなくなり、くらりと目眩《めまい》がした。つんのめりそうになると、すかさず傍らにいた八尋が支えてくれた。

「ど、どうしたんだ？」

紅露は私の様子に目を丸くする。

「い、いえ、大丈夫です」

「よく見ればかなり顔色も悪い……。具合でも悪いのか？」

だが、おずおずと伸ばした紅露の手を、八尋がむげもなくぴしゃりと叩いた。

「私の芽衣に触るな。妖力に中《あ》てられているんだ。そんなこともわからないのか」

「……え？　妖力に」

「人間にとってこのホテルにいること自体が身体に相当負荷がかかるのだ。妖の貴様が知らないわけがないだろう」

「……まさか。あ、……っていうことは、沙耶も？」

「ふん。惚《ほ》れた女だという割に、随分と貴様は無関心なんだな」

紅露は面食らったように、その顔を強《こわ》ばらせた。

「八尋さん」

「私は間違ったことなど言っていないぞ」

「言い方ってものがあるんです」

私は八尋の体から強引に体を離し、

「紅露様、どうかお気になさらず。……さあ、式場に向かいましょう」

けれど紅露はドレスを抱きしめたまま、部屋の前から動こうとしない。

「どうしました？」

「……いや」

紅露はぐっと下唇を噛《か》んだ。そうして、

「……恥を忍んで言う。最後にもう一つだけ頼みを聞いてはくれないだろうか」

＊＊＊

時刻は夕方を少し過ぎた頃だ。

ホテルの敷地内に建つ、小さなチャペル。お世辞にも美しく華々しい内装とは言えないが、それでも従業員たちが丁寧に掃除をしてくれたおかげで、見違えるほど綺麗になっていた。

「……あの、これは一体どういうことなんでしょう？」

沙耶は仕立てたばかりの真っ白なウェディングドレスを着て、説教台の前に立っていた。

氷雨が化粧を施したせいもあってか、元々整った顔立ちであった沙耶は、今や同性でもはっとするほどの美貌《びぼう》を湛《たた》えている。

だが、状況を把握しきれていないせいで、その表情は曇っていた。

「こんなに素敵なドレスを着られるのは嬉しいですけど……どうしていきなり……？」

「申し訳ございません。ある方からのお申し出なのです。もう少しお待ちください」

「……は、はあ」

沙耶は困惑したように眉尻《まゆじり》を下げる。

当然の反応だろう。突然ホテルスタッフが押しかけて、ウェディングドレスを着て式場へ来てくれと言い出したのだ。不自然に思わないほうがおかしい。

沙耶はドレスを指でつまむと、困ったように微笑んだ。

「……まさか彼と結婚する前に、ウェディングドレスを着ることになるとは思いませんでした」

「もうすぐ花婿がきますよ」

「……え？」

同時に、チャペルの扉がギィッと軋《きし》みながら厳かに開いていった。扉の前には、タキシードを着込んだ男が晴れ晴れしい顔をして立っている。

沙耶は男を見ると、両手を口元に当てて目を見開いた。

「え。……あ、あなた。どうしてここに……」

「どうしてって、君が呼んでくれたんだろう？」

「……え？」

その男は、紛れもなく沙耶にプロポーズをした、彼女の恋人であった。彼は少しはにかみながら、沙耶へ近寄ると、一通の手紙を彼女へ差し出した。

「今日、ここに来て欲しいって、ホテルの地図と手紙が届いたんだ。これ、君が使ってる万年筆のインクだろ？ ……それから、これは子供が描いたのかな？」

沙耶の目の前に広げられたのは、紅露と沙耶が結婚の誓いを立てた、あの絵であった。

彼女は震える指先でそれを受け取ると、信じられない、と小さく呟き、

「……これ。どうしてここに……」

そう言って、唇をわななかせた。

「それに、これ……」

その絵の下には、「結婚おめでとう。幸せに。」という文字が、真新しい青色のインクで書き加えられていた。

男は美しい花嫁となった沙耶の手をそっと握ると、

「沙耶。僕と、結婚してくれる？」

沙耶の目尻《めじり》には、大粒の涙が膨らんでいた。二人はしばらく見つめ合っていたが、やがて沙耶はゆっくりと頷《うなず》き、噛み締めるように、「はい」と言った。

その光景を見届け、私はチャペルの扉をゆっくりと閉じた。すると、

「すぐに手紙を届けてくれてありがとう。おかげで上手《うま》くいったようだ」

背後から、紅露に声をかけられた。振り返ると、壁に背を預けるようにして腕を組んだ紅露が、とても穏やかな顔で微笑んでいた。

「いいえ。私というよりは、妖力を振り絞って彼の家まで届けてくれた十四狼くんのおかげです」

「礼を言っておいてくれ」

「……はい。それにしても、どうしてわざわざあの方に手紙を？」

「なかなか粋《いき》だと思わないか？」

紅露は自らの体を使って、沙耶の恋人に向けて、『答えが出ました。地図に描いてあるホテルへ、すぐに来てください』と一筆書いたのだ。その上で、息を切らしてホテルへやってきた男に名乗りもせずタキシードを手渡したのであった。

「あなたは、沙耶さんと結ばれたかったのではないのですか？」

「……ああ。そりゃそうだよ。でも、あの支配人に言われて気がついた。ぼくは……沙耶の気持ちを見て見ぬふりをしていたのかもしれないって。沙耶をこれ以上、ぼくの自分勝

手な都合で待たせるのは、もうおしまいにしたかったんだ」

「……」

「それに気づかせてくれて、感謝してるよ」

紅露は自分の頭を、照れくさそうに掻《か》いた。

「チェックアウトの手続きも済ませておいてよかった。……ぼくはもう、眠ってしまいそうだ」

「……紅露様」

「……沙耶を幸せにしてくれてありがとう。このホテルは、とてもいいホテルだったよ」

紅露がにっこりと笑ったかと思うと、その体がふっと掻き消えた。

そうして、紅露がいた場所には、万年筆だけが地面に転がっていた。

私はそれを拾い上げ、ボディを指で撫《な》でる。

同時に私の小指に絡まる契約の糸がふつりと途切れ、風の中へ溶けていくのだった。

＊＊＊

やがて式を終え、チェックアウトのために新郎とフロントへ戻ってきた沙耶に万年筆を差し出した。

「お捜しになっていたものは、こちらですか？」

沙耶は万年筆を見ると、その表情をみるみる綻《ほころ》ばせた。

「今日は嬉しいことばかりです。一体、どこにあったんですか？」

「ずっと、あなたの近くで見守っておられましたよ」

私がそう言うと、彼女は目を瞬く。だが、それですべて得心がいったように、

「ああ。やっぱり……。……そうじゃないかなって、本当はちょっとだけ思ってました。

……あの汚い字は、紛れもなくあの人の字でしたから」

「……彼を忘れることはできそうですか？」

「いいえ。忘れたりはしません。あたしはこの万年筆と共に生きていきます。これからも、ずっと一緒に……」

沙耶は胸の前で万年筆を抱き込むように握ると、瑞々《みずみず》しい笑みをその顔いっぱいに浮かべ、

「ここはとても素敵なホテルですね。……ありがとうございました」

そうして少しだけ晴れた霧の中へ沙耶とその新郎は、寄り添うようにして消えていった。

……その日を境に、二階と三階の客室の扉がまるで浮き上がるようにして出現し、四部屋しかなかった客室は、一気に十部屋まで増えたのだった。

第3話　記憶をなくした鬼

1

「芽衣《めい》。こっちのお花にも、お水をあげてくれるかい」

祖母はそう言いながら、スコップとバケツを持ったまま、ジョウロを片手にする幼い私に向かって手招きをした。

霧雨《きりさめ》ホテルの庭には鮮やかな緑のハーブに紛れて、秋の花である薄紫のコスモスやオレンジ色の金木犀《きんもくせい》等が咲き乱れている。その光景は遠くから眺めているだけでも美しく、花が風に揺られるたびに、香《かぐわ》しい匂いが鼻腔《びこう》をくすぐった。

「お花いっぱい咲いたね、お祖母《ばあ》ちゃん」

私は可憐《かれん》な花々の根元にジョウロで水を差しながら、傍らに立つ祖母を見上げた。そんな私の頭をそっと撫で、彼女は柔らかな笑みを浮かべると、

「もっともっと花を植えたいものだねぇ」

「え？　もう十分じゃない？　これ以上はお手入れが大変だよ」

祖母の言葉に驚いて、私が思わずそう答えると、

「手入れの手間を惜しむようじゃ、まだまだだね、芽衣」

祖母は苦笑しながら膝《ひざ》を折り、揺れるコスモスに手を当て、慈しむようにその茎を撫でた。

「一つ一つが霧雨ホテルでの大切な思い出になるように、しっかり世話をしてあげなきゃ」

「……お花がそんなに大切なの？」

「花だけじゃない。家具のひとつ、壁紙のひとつ、食事のひとつ。すべてにおいて、お客様に喜んで頂ける最上のものをご用意するように努めるのが大切なんだよ」

「……それが霧雨ホテル流のおもてなし？」

「ええ、そうよ。芽衣はそれを手間だと思うかい？」

「……」

――私は自分の部屋のベッドの上で、幼い日の記憶を思い返していた。

祖母の眩《まぶ》しい笑顔がまぶたに焼きついて離れない。

今の私は、果たして胸を張れるようなホテルマンになれているのだろうか。

「……お祖母ちゃん」

そっと呟《つぶや》いた私の声は、部屋の中に小さく響き、誰に聞こえるともなく、消えていった。

＊＊＊

時刻は午前六時。私は八尋《やひろ》の部屋で、登喜彦《ときひこ》が朝早くから作ってくれた朝食を食べていた。

「芽衣、もっと食べなさい」

大きなテーブルの上には、スクランブルエッグに、スパゲティ、ポテトに、ウィンナー。食パンにワッフル、サラダにデザートまで。まるでビュッフェのように色とりどりのおかずが盛られた皿がぎっしりと置かれていた。

「八尋さんこそ、もっと食べてくださいよ」

紅露《こうろ》の一件で、一緒に朝食を食べるという約束をしたため、私は毎朝制服に着替えてから八尋の部屋へ向かうようになったのだ。

しかし八尋は私に勧めるばかりで、自分は一、二口含んだだけで、それ以上食べ進めようとしない。

「まるで私が食いしん坊みたいじゃないですか」

「私のことは気にするな」

「気にします」

これではせっかく朝食を共にしている意味がないのでは。

そう思ったが、当の八尋は特に気にした様子もなく、唇の端が緩んでいて、上機嫌なのが手に取るように分かった。

……まあ、いいか。

八尋が満足しているのなら、私が余計な口出しをすることもないだろう。

と、その時だ。パリン！　と突然音を立てて、料理が盛られている皿の一部が、何の前触れもなく真っ二つに割れた。

「えっ！　い、いきなりお皿が割れましたよ」

しかし驚いて目を白黒させる私とは対照的に、八尋は至極落ち着き払った様子で、

「こんなところにも、弊害が出てきたか」

「え。もしかして」

「以前より客は泊まりに来ているが、まだまだこのホテルを維持するだけの妖力には足りないようだ」

私がこの霧雨ホテルで働き始めてから、あっという間に三週間が過ぎた。館内は少しずつだが、手伝ってくれるようになった従業員と、お客様からの妖力のおかげで小綺麗《こぎれい》にな

ったし、順調に復興していると思っていたが、見えないところでじわじわと崩壊していってるのかもしれない。

「まさかこのまま崩れるなんてことは……」

「……なんとも言えん」

「こんなに頑張ってきたのに、まだ足りないなんて……」

すると、八尋は「ううん」と喉《のど》の奥で微《かす》かに唸《うな》り、

「どうしても、このホテルが大切か？」

と意味深な問いかけをしてきた。

「たとえどんな客だとしても、ホテルのためなら受け入れるか？」

「どういうことですか？　ま、まあ……ホテルのためならなんでもしますが」

「そうか」

八尋は短く言い、食事の途中にもかかわらず、すっくと椅子から立ち上がった。

「あれ。もうお仕事に行かれるんですか？」

「ああ。客に電話をしてくる」

「電話？　八尋さんってお仕事してたんですね」

「……君は意外と失礼だな」

そうは言われても、今まで八尋がまともに仕事をするところを見たことがなかった。

「ゆっくり食べてから、仕事に来るんだぞ」

八尋は通り過ぎざまに私の頭をさりげなく撫でると、さっさと部屋から出ていってしまった。

「……なんか胸騒ぎがする」

＊＊＊

「おはようございます」

一階へ降りると、フロントにはすでに十四狼《とおしろう》と氷雨《ひさめ》が立っていた。最近、氷雨はちゃんと制服を着て、機嫌がいい時限定だが、気まぐれに私の仕事を手伝ってくれるようになっていた。

「おはよ。あーんど、おつかれさまでしたーって感じだけどね」

「え、どういうことですか？」

「今日は全然客が入ってないんだ。連泊中の客も今日で全員チェックアウト、予約もなし。飛び込みを待つぐらいしか、仕事がないんだよ」

そう言って、十四狼は私に宿泊票を広げて見せてくれた。

たしかに、「本日チェックイン予定客」の欄はすかすかの空白である。

「それってかなりまずいんじゃ……」

「これでも客の数は増えたと思うけど、結局崩壊する日が先延ばしになっただけなのかもねえ」

「そんな……」

「もともとうちは評判が悪いのよ。今まで客が来ただけでも奇跡的なんじゃないかしら」

「悠長なこと言ってる場合じゃないですよ」

「じゃ、これ以上どうしろって言うのよ。なんかいい案でもあるの?」

言葉に詰まる。確かに氷雨の言うとおりだ。でもこのまま何も手を打たず、手をこまねいてるだけなんて……。

「暇していられるのも、今のうちだぞ」

と、不意に八尋が靴音を響かせて、珍しくスタッフルームから顔をのぞかせた。

「八尋、いつの間にいたの?」

「氷雨。客だ。あと二時間後にチェックインしてくる。宴会の準備と、鍵《かぎ》入れをしておけ」

「……宴会?」

「え、まさか。……アンタ」

「ああ。鬼神楽《おにかぐら》の百鬼夜行。団体で予約が入った」

直後、氷雨と十四狼がさっと顔色を変えた。

「八尋様、本気かよ！」

「しかも、鬼神楽ってあの悪名高いヤツじゃないの！」

「以前から予約したいという連絡があったんだが、ずっと断っていたんだ」

「断り続けなさいよ！」

「……うあぁぁ、俺、やだよぉ！　休みたいよぉ」

二人はカウンターに頭を突っ伏して、まるでこの世の終わりだと言わんばかりの呻《うめ》き声をあげた。

「……八尋さん。もしかして、私のために？」

「これがうまくいけば、膨大な妖力をもつ鬼神楽のことだ。当分はこのホテルももつだろう。だが、もし失敗すれば……」

「……ホテルがぶっ潰《つぶ》れるわよ」

「いや、もう潰れたようなもんだよ……」

「……えっ、な、なんですかそれ……」

……滅茶苦茶嫌な予感がする。

＊＊＊

チェックイン時間前から、すでに正面玄関入口には、百を超える妖《あやかし》の影が広がっていた。

学生の修学旅行なら引率する教員もついているし、ある程度行儀が良い。

けれど、すでにガヤガヤと激しく言い争うような怒鳴り声や、人間の声とはかけ離れた鳴き声、小突き合う罵《ののし》りの声などが聞こえてくると、冷えた館内であるにもかかわらず、嫌な汗が額に滲《にじ》む。

やがてチェックイン時間になり、氷雨と十四狼が躊躇《ためら》いつつも、玄関の両扉を一気に開け放つと、まるで正月のバーゲンセールに駆け込む主婦よろしく、妖たちがロビーへとなだれ込んできた。

人間の姿をしたもの、半分が動物のように変化したもの、完全に異形のもの。よくもまあ、多種多様な妖をここまで集めたものだ。魑魅魍魎《ちみもうりょう》。羅刹《らせつ》悪鬼。その光景は、文字通り地獄絵図のようである。

私は自分でもわかるほど表情を引きつらせて、動物園の動物のように騒ぐ彼らに近づいていった。

「いらっしゃいませ。ようこそお越しくださいました」

私が声をかけると、爛々《らんらん》と赤く輝く瞳《ひとみ》が一斉にこちらに向けられて、妖に慣れてきたとはいえ、さすがに数が数だけに怖気《おぞけ》立った。

「ひ、一通りスケジュールの説明をさせて頂きたいのですが、責任者の方はどちらでしょう？」

私は咳払《せきばら》いをしてから、全体に声が響くように大声を出した。すると、

「オレだ」

そう言って、ひしめき合う妖たちの間を流れるような動作でするりと抜けてきた男が、私の目の前へと現れた。

だがその出《い》で立ちに思わず身構えてしまう。すらりとした細い体軀《たいく》に、やや着崩した和服。そこまではいいとして、彼は頭からつま先まで、素肌をくまなく覆い隠すように、びっしりと白い包帯を巻いているのだ。

それだけでも異常なのだが、それ以上に、顔の包帯の隙間から覗《のぞ》く二つの瞳は、刃《やいば》のひらめくような、ぎらりとした光を放っていて、目が合っただけで身が竦《すく》んでしまいそうな凄《すご》みがある。

この男こそ、悪名高いと評判の、鬼神楽冬弥《とうや》である。

思わずごくりと喉を鳴らす。すると男の後を追ってきたのか、彼の傍らにひょっこりと十代前半と思われる女の子が進み出てきた。

桜色の薄い袴《はかま》を着けた少女は、銀色に輝く髪を耳のやや下あたりで結っており、それが揺れるたび髪飾りの鈴が軽やかな音を立てた。

「鬼神楽様に仕えております、宵ヶ《よいが》浜小峰《はまこみね》です。しばらくお世話になります」

少女の顔立ちは子供のようなあどけなさを残しつつも、一度視線を合わせれば、なかなか外せなくなるような、蠱惑《こわく》的な美貌《びぼう》を持ち合わせていた。

話の分かってくれそうな従者がいて助かった。鬼神楽よりは話しかけやすいし、彼女がいてくれるなら、何かあったときもすぐに注意ができそうだ。私は内心、ほっと胸をなでおろしながら、

「早速お夕食のお時間なんですが……」

そう言って、ダイニングルームを手で指し示そうとした、その瞬間。

今まで黙って私たちを見下ろしていた鬼神楽が、突然何の前触れもなく私へ手を伸ばしてきた。

驚いて身を引いたが、鬼神楽はお構いなしに私の二の腕を凄《すさ》まじい力で握りこんだ。

「血の匂いが妙だと思えば。なんで人間がここにいる?」

「……!　いたっ……」

「!　頭、やめてください」

小峰が厳しい声で止めに入ったが、鬼神楽は小峰に一瞥《いちべつ》すらくれない。

そんな私たちを、後ろで並んでいた妖たちがみとめると、

「あ、本当に人間だ」「うまそうだ」「アレモ晩飯カ?」「活《い》け造りかな」

などと勝手に盛り上がり始める始末だ。ぞっと背筋が寒くなり、腕を振って抵抗する。

だがそうすることで鬼神楽の力がさらに強まっていき、まるでこのままねじ切られてしまうのではないかと思うと、恐怖が胸にわいた。

……こわい。

私の感情を悟ったのか、微かに覗き見える鬼神楽の眉間《みけん》が僅《わず》かに歪《ゆが》んだ。

「……〝あの女〟じゃねえな。誰だてめえ」

「ちょっと! 何してんのよ!」

そこでようやく異変に気づいた氷雨が、私と鬼神楽の間に割って入ってきた。だが、やはり鬼神楽に睨《にら》みつけられると、まるで蛇に睨まれた蛙のように、凍りついて動けなくなってしまった。

「邪魔すんじゃねえよ」

鬼神楽は眉《まゆ》を寄せ、ドスの利いた低い声で、氷雨の胸ぐらをもう一方の手で摑《つか》み上げた。

首元を絞め上げられて、氷雨は苦しげに小さく声を漏らした。そこでようやく今まで軽口を叩《たた》いていた部下と思われる妖たちが、しん、と静まり返る。

人間の私でも分かる。

この男には逆らえない、と。

ひと睨みされただけで、妖力とはまた異なった禍々《まがまが》しいものが、彼の体から溢《あふ》れでてきて、こちらの体に粘りつくように絡みついてくるのだ。

恐ろしい。これが妖。——と、その時だった。

「うぐっ！」

鬼神楽が突然呻き、私の手を放して体をのけぞらせた。

「芽衣と氷雨に何をしているんだ、貴様は」

「八尋さん！」

相変わらず音もなく忍び寄ったのか、八尋は鬼神楽の背後から彼の腕を思いきりねじり上げた。

「くそっ、何だてめえ！　放せ」

「待ってください、八尋さん！　私は大丈夫ですから」

慌てて私が制止すると、八尋は鬼神楽を突き飛ばすようにして乱暴に手を放した。

だが、その八尋の手が微かに震えている。

八尋でも恐れる妖なのだ、この男は。鬼神楽は八尋にねじられた手を撫《な》でると、

「てめえ、客に手を上げるとはいい度胸じゃねえか」

そう言って、八尋を包帯の隙間から殺気のこもった目で鋭く睨み据える。

「……ふん」

八尋は小さく鼻で笑うと、私と氷雨を庇《かば》うように鬼神楽の前に立ち、

「先に手を出したのは貴様だろう。うちの従業員に手を出されては、さすがに見過ごせん」

妖たちは鬼神楽と八尋を遠巻きに見守っている。しかし、誰ひとり鬼神楽に近づこうとはしない。

それは部下としての遠慮というものではなく、腫《は》れものに触らないようにしている、という印象を受けた。

そんな中、ただ一人小峰だけが鬼神楽の着物の袖《そで》を摑み、

「頭、あまり目立ったことはしないでください」

「うるせえ。小峰。お前は黙ってろ」

「このホテルに泊まりたいと言ったのは頭ですよ」

「……はっ、だからこそ興ざめしたんだ」

鬼神楽は吐き捨てるように毒づくと、

「お前ら、撤収だ」

え。……今なんて？

「こんなホテルに誰が泊まるか。他いくぞ、お前ら」

「えっ！　そんな」「横暴ですよ」「ただ人間がいたぐらいで」「他に宿なんてないですよ」

突然のことに、ぶうぶうと野次る妖たち。だが、

「ごちゃごちゃとうるせえな！　オレに逆らうんじゃねえ！」

鬼神楽の鋭い一喝が轟《とどろ》き渡ると、妖たちは竦み上がって一斉に黙り込んだ。

同時に、ホテルの天井がミシミシッと音を立て、ぱらぱらと木片が落ちてきた。

これはまずい。

ここで彼らに帰られてしまったら、ホテルの存続が危うくなってしまう。

「八尋さん、何か言ってください。このままじゃ……」

「知らん」

しかし焦る私とは対照的に八尋は憤然とした様子で、追い返す気まんまんである。氷雨と十四狼にいたっては、鬼神楽の妖気《ようき》に中《あ》てられて言葉を発することもできず、ただ悄然《しょうぜん》と立ち竦んだままだ。

そう言い放って八尋を振り返ると、憎々しげに、

「ふん。これほど居心地の悪いホテルに成り下がったとは、呆《あき》れるぜ」

そう言い放って傍らに小峰を従えたまま、正面玄関へと歩き出してしまう。ぞろぞろと不満げな顔をしながらも妖たちがそれに続いていく。だが、彼らがホテルの外へ出て行くたびに、館全体が激しく軋《きし》み始める。

満足してもらえなかったために、崩壊が早まっているのだ。

……まずい。

あの男は恐ろしい。これ以上関わったら何が起こるかわからない危険性をはらんでいる。

けれど、このまま帰すわけにはいかない……。

「お、お待ちください！」

私は立ち去ろうとする鬼神楽の背中を大声で呼び止めた。

「……なんだ、うるせえな」

不機嫌な声で私を振り返る鬼神楽。それだけでも、情けないが肩が震える。

「か、数々のご無礼、お詫《わ》び致します。私共にできることがあれば善処致しますので、どうかお怒りを鎮めてはくれませんか」

「は？」

「芽衣、何を……」

八尋が戸惑いの声を漏らしたが、構わず鬼神楽へと歩み寄った。ひょっとして逆鱗《げきりん》に触れたかと内心ビクビクしていたが、鬼神楽が意外にも口元を歪めて笑ったのが、包帯越しに覗き見えた。

「……ふうん。随分必死だな？　オレたちが泊まらないと、そんなに困る事情があるみてえだな」

私は唇を噛《か》む。さすが百鬼夜行の頭。頭の回転が早い。もう足元を見られている。

「……泊まってやってもいいが、もしこれ以上オレを不愉快にさせるようなことをしたら妖力は渡さねえぞ」

「えっ、そんな！」

「嫌なら、オレは部下を連れてこのまま帰る。……だが、それは避けたいんだろ？」

狡猾《こうかつ》な色が、彼の瞳《ひとみ》の奥に宿った。

「もちろんオレがこのホテルのサービスとやらに満足したら、妖力はたっぷり渡してやるよ。オレは力だけは有り余ってるからなあ」

カカカ、と鬼神楽は高笑いする。

確かにお客様が満足するように心がけて接客をしているつもりだ。だが、この偏屈な男が相手とあっては果たして上手《うま》くいくかも怪しい。

というか、最初から満足したなんて言うつもりもないかもしれない。

「芽衣、もういい。私が追い返す。やはり、鬼神楽を招いたのは間違いだったようだ」

「るっせえな。てめえには聞いてねえ。オレはコレと取引をしてるんだ」

「人の妻に向かって、コレだと？　侮辱も甚だしい。表にでろ貴様」

「ちょっ！　ちょっとこれ以上余計なこと言わないでください！」

「だが」

「鬼神楽様、条件を呑《の》みます。ですから、是非とも当ホテルをご利用ください」

私が鬼神楽へ向かって勢いよく言い放つと、八尋は苛立《いらだ》たしげなため息をこぼした。

「いいね。楽しい宴《うたげ》になりそうだ。たっぷりサービスしてもらうぜ、小娘さんよ」

鬼神楽は包帯の下で目を細め、声を出して笑うと、馴《な》れ馴れしく私の肩を撫でた。

するとすかさず、傍らにいた八尋が消毒でもするように、その部分をぱぱっとはたく。

八尋がここまで感情を露《あら》わにするのも珍しいが、行き過ぎて客相手だということも忘れているようだ。

「じゃ、部屋に案内してもらおうか」

「かしこまりました。ついてきてくださいませ」

「楽しみだな、小峰、さぞや、いい部屋なんだろうな」

「そうだといいですね」

小峰はちらりと私を横目で見る。視線が合うと、彼女は申し訳なさそうに微《かす》かに頭を下げた。

これは……非常に先が思いやられる……。

＊＊＊

その夜、貸切のダイニングルームで開かれた宴会は深夜まで続いた。

どんちゃん騒ぎはもちろんのこと、次から次へと注文される料理、酒。ホテルの従業員全員で仕事をしても、目が回る忙しさであった。

何しろ、人間の宴会と違って、食べる量が半端ないのだ。どんなにボリュームのあるメニューも、彼らにかかれば一瞬にして胃の中に収まってしまう。

もう何度テーブルと厨房《ちゅうぼう》を行き来したかしれない。業務に慣れている私や十四狼はまだしも、普段レストランの業務には関与していない従業員たちは、すでにヘトヘトになって息があがっているのがわかった。

しかし、一番大変なのは言うまでもなく調理場である。仕切られた扉の奥からは、今まで聞いたことがないような音が響き渡っていた。

恐る恐る扉の小窓から中を覗《のぞ》くと、全身は窺《うかが》えないが、コックコートが慌ただしく厨房内を行ったり来たりしていた。

そして次から次へと、勢いよく新しい料理が扉の小窓から差し出されていく。登喜彦は黙々と百人分の料理をたった一人で作っているのだ。

「登喜彦さん、大丈夫ですか？　何かお手伝いできることは……」

だが返事はない。誇張でもなく、このホテルで一番の化物は登喜彦だと思った。

「ああっ、もう、忙しすぎて目が回るわ」

厨房とは壁を隔てて設置されている流し台で、大量の皿をひたすら洗っては拭《ふ》いての繰り返しをしていた氷雨とアシスタントの若い男の従業員は大きなため息を零《こぼ》した。

「もう、なんでアタシが流し場なのよ！　水がはねて服はダメになるし、爪は剝《は》がれるし、冷たい水のせいで肌荒れするし！　最悪よおっ！」

「氷雨さん、私もヘルプに入りましょうか。ちょっと休んでいてくれて構いませんから」

そう言って私が腕まくりをして近づいていくと、

「そんな暇あるなら、アンタこそ休みなさい。それでこの間体調崩してるんだから。また八尋に心配かけさせる気？」

「うっ、それを言われてしまうと……」

「アンタってビビリに見えて意外と大胆よね。あの鬼神楽を目の前にして、それでも泊めるって言うんだから」

「……ホテルのためですから」

「まあ、アンタらしいっちゃ、アンタらしいけど。でも、もうちょっと頭を使って交渉して欲しかったわ。こんなのタダ飯食わせるようなもんよ」

「……うう、やっぱり無茶でしたか……」

我ながらつい勢いに任せて、圧倒的不利な条件を呑んでしまったと後悔している。

「おい、人間のウェイトレス！　ちょっと来い！」

そんな話をしていると、ホールから私を呼ぶ声が響いてきた。

「お呼びのようね」

「は、はい」

気が進まないながらも、鬼神楽の席へ向かった。彼のテーブルは部下とは少し距離を開けて、部下たちの様子が一望できる場所に設置してある。

次から次へと飲み物のように食べ物を消化していく妖《あやかし》たちとは反比例するように、鬼神楽の前にはたくさんの種類の料理が並べられていたが、どれもすべて少しかじっただけで残されていた。

それを、従者である小峰がせっせと後片付けをするように食べ進めている。

「来たか」

「はい。ご注文でしょうか」

私が鬼神楽の席の前までくると、彼は私をじろりと睨《にら》みつけた。すると次の瞬間、テーブルクロスを勢いよく引っぺがした。

そのため、クロスの上に載せられていた大量の料理が一瞬宙を舞い、耳をつんざくような音を響かせて無残に床へ散らばっていった。

「ひゃっ！」

しん……と、まるで時間が止まったようにダイニングルームが静まり返った。

鬼神楽の部下はもちろん、従業員たちも黙りこみ、全員が一斉にこちらを振り返る。

厨房からも、音がふっと途絶える。

だが同じテーブルについていた小峰だけは、慣れた様子で淡々と取り皿に分けたご飯を頬張っている。

「ふざけてんじゃねえ。こんなもんが食えるか」

まるで獣が唸《うな》るような声音で鬼神楽が声を発する。

「どれもこれも、不味《まず》くて食えやしねえ」

「……さ、左様でしたか」

ようやく状況が整理できてきた。私はどくどくと脈打つ胸を押さえながら深々と鬼神楽へと頭をさげる。

ここで取り乱してはいけない。すうっと息を吸い、なるべく落ち着き払った態度で、

「では、どのようなお料理がご所望でしょうか」

「ああ？　食えるもん持ってこいって言ってんだよ！」

鬼神楽はガタンと大きな音をさせて立ち上がると、大股《おおまた》で私へ歩み寄ってくる。

「食えるもん」……？

私は床に転がった料理を見やる。これは登喜彦が丹精込めて作った料理だ。他の妖の様子を見る限り、味に問題があるとは思えない。

ここで私が謝るのは簡単だ。だが、そんなことをしたら登喜彦をひどく傷つけることに

なる。黙り込んでいると、鬼神楽はこちらを冷たく見下ろしながら、

「噂には聞いてたが、ここまで質が下がったとはな」

「うっ……！」

乱暴な手つきで、鬼神楽に頬を強く摑まれた。

「……このホテルは、何もかもが癇《かん》に障る。ぶっ壊したくなるほど、苛々《いらいら》するんだ」

とても痛くて私が呻《うめ》くと、一瞬だけ鬼神楽の瞳が陰った。

「頭、やめてください」

さすがに遠目で見ていた小峰も立ち上がり、彼の着物をぐいっと引く。

「小峰は黙ってろ！」

「頭、いい加減にしてください。これ以上は私たちの名も汚れます」

「うるせえって言ってんだ！」

鬼神楽は吠《ほ》えるように絶叫すると、私と小峰の体を力いっぱい突き飛ばした。

と、その拍子に鬼神楽の顔に巻かれた包帯が緩み、ぱらりと解けた。

直後、その場にいた全員が息を吞《の》む。

鬼神楽という名前の通り、額には鬼の角が左右に生えており、顔色は赤黒く、不気味な模様をした痣《あざ》が、顔全体に広がっていた。

それは、思わず目を背けたくなる禍々《まがまが》しい容貌《ようぼう》であった。

「なんだ、何見てんだ」

鬼神楽はぎりっと歯を食いしばり、威嚇するように唸る。

その様子に従業員や部下たちが、釘付《くぎづ》けになっていた視線を、慌てたようにそっとそらす。

「どいつもこいつも、オレを気味悪がりやがって……ああ、胸糞《むなくそ》わりぃ！」

鬼神楽は絶叫すると、床に散らばった料理や皿を足で激しく蹴《け》っ飛ばした。

「頭。落ち着いてください。一体どうしてしまったんですか」

「うるせえ！　オレはもう部屋に戻る！」

鬼神楽は最後にダイニングルームにいた全員を血走った目で睨みつけると、わざと大きな足音を立てて出ていってしまった。その後ろを、足音もさせず小峰が追いかけていく。

まるで嵐が去ったように静まり返ったダイニングルームは、皆食事を再開する気にもなれず、ただぼんやりと座りこんでいた。

まるで悪夢だ……。

私は無残に打ち捨てられた残飯を見下ろしながら、ひとり胸中でごちるのだった。

＊＊＊

大変なことになってしまったな……。

鬼神楽が出ていってしまったあと、宴会は粛々と再開されたものの、みな興が醒《さ》めてしまったのか一時間もしないうちに殆《ほとん》どが席を立って各々《おのおの》の部屋へ戻ってしまった。

後片付けを手伝おうとしたものの、氷雨や従業員たちが私に気を遣ってくれ、今日は早めに上がらせてもらうことができた。

部屋に戻ってから、私は久しぶりに部屋に隣接している浴室のバスタブに湯を張った。

ぬるいお湯に浸《つ》かりながら目を閉じると、鬼神楽の素顔が浮かぶ。

……彼らは今日から一週間滞在する予定だ。

あんな気難しい男の世話を一週間もしなくてはならないと思うと憂鬱《ゆううつ》になるが、このホテルが崩壊しないかどうかは鬼神楽にかかっているといっても過言ではない。

……しかし、なぜ彼はあんなに怒ったのだろう。

さすがに理由もなく怒るほどクレイジーではないと思う。（多分）

どうしたものか……。

そんなことを思いながら、一時間ほどゆっくり浸かり、だいぶ体が温まったところで寒さを感じないうちに厚手のパジャマに着替えてバスルームを出た。

「随分長風呂《ながぶろ》だったな」

あまりに驚いて、タオルを思わず取り落としてしまった。いつの間にか私のベッドには、八尋が我が物顔で腰をかけているではないか。

「八尋さん。いつからいたんですか！」

「君が風呂に浸かって『あー。ごくらくじゃー』と独り言を言っていた時からだ」

ひぃいい！　最初から全部聞かれてるううう！

「声をかけたが反応がなかったから、ここでずっと待っていた」

「勝手に部屋に入らないでって言ってるじゃないですか！」

「そういう積み重ねが、家庭内別居という冷えた家庭をつくるのだ」

「一度も熱した覚えはないんですけど。もう、一体何の用なんですか」

「ああ、そうだ。ちょっとこっちに来なさい」

八尋はそう言って、自分の隣をぽふぽふと叩《たた》いた。

「……なんですか」

「いいから」

「……」

「そこまで警戒しなくても、まだ何もしない」

まだってなんだ。まだって。

どうせこのまま押し問答していても、八尋は絶対に引かないだろう。大人しく近づいていくと、八尋は手袋越しに私の手首を握り、そのまま自分の隣に座らせた。

八尋と体が触れ合うほど、距離が近い。だが、身動《みじろ》ぎする前に、八尋が私の腕を取り、抵抗する間もなく、するするとそのまま二の腕辺りまで長袖《ながそで》をたくしあげられた。

「……やはり痣になっているな。相当痛かっただろう」

それはチェックイン時に鬼神楽に摑まれた際に出来た痣であった。不気味なほどくっきりと指の形がわかるくらいに、赤く腫《は》れ上がっていた。警戒しながら様子を窺っていると、八尋は前触れもなく突然そこを手のひらで撫《な》でた。

「ひゃっ！　何するんですかっ！」

「治療のようなものだ。妖力が込められた傷は、なかなか治りにくいからな」

確かに触れられているところが、じんと熱を帯びる。八尋が妖力を注いでくれているのだと分かっていても、なぜか普段あまり触られることがない腕の内側をこうしてべたべたと触れられると恥ずかしくなってくる。

「痛みが引いてきたような感じがします。もう大丈夫ですから放してください」

「ん？　そんなすぐには治らないぞ」

「い、いいですっ！　本当に大丈夫ですから」

「だが、まだ痕《あと》が」

「いいですからっ！」

私は言い訳をして、強引に腕を引き抜いた。触れられていたところを片手で撫で、距離を取るようにベッドの隅へと移動した。八尋はそんな私のことを見つめながら、

「……ずっと気になっていたことがあったんだが」

八尋は慎重に言葉を選んでいるのか、少し硬い口調で、

「……君が必死になるのは、本当にホテル復興のためだけなのか？」

「どういう意味ですか」

「……私と、一刻も早く、なにがなんでも離縁したいのか」

突然の質問に、口をつぐんだ。

「正直に言ってくれ」

「当たり前、じゃないですか。私は元々八尋さんのこと好きじゃないんですから」

「私のことがそんなに嫌いか」

嫌い……？

初めて自分に問いかけた疑問は、まだら模様のように、その形がくっきりとせず、意外にも私は何も答えられなかった。

八尋はお祖母《ばあ》ちゃんのホテルを勝手に奪った張本人だ。そして私のことを「妻」だと言

って契約をした。だが、それと同時に八尋は私を妻として扱ってくれている。

それ以外にも色々と世話を焼いてくれたし、そもそも八尋にとってはメリットが一つもないのに、私と夫婦になってくれたのだ。

事情が事情なだけに、私はこの男にどんな感情を向けていいのか、正直分からない。

私が黙り込んでいると、八尋はさらに、

「それは、私が妖だからか？」

「……人間でも同じです。八尋さんへの気持ちが変わることはないと思います」

「そうか。そうなのか……」

「どうしたんですか。なんでいきなりこんな話をするんです」

「いきなりではない。ずっと考えていたことだ」

八尋はそう言って、滑るような動作で私に近寄ってくると、八尋の指が私の手に絡みついた。そしてそのまま、端整な口元へ私の薬指を押し当てる。

「……っ！」

「君が嫌な想いをしてまで、鬼神楽に頭を下げる理由を考えていた。その結果、思い当たった理由の一つがこれだった」

「……私が鬼神楽様を引き止めたのは、すべてホテルのためです。それ以外の理由なんて、あの時は考えつかなかったです」

「そうか。少なくとも、私と離縁したくてたまらない、というわけじゃないんだな」

「……いや。それはそれで、また語弊があるんですけど」

「そうか。でも、それならそれで。今はいい」

八尋はそれだけ言うと、指から手を離して、すっくと立ち上がった。部屋を出て行くつもりらしい。

「これは夫としての忠告だ。鬼神楽には、あまり深入りするな」

「あの方は、すごい方なんですか？」

「……ああ。鬼の中でも屈指の妖力を誇る化物だ。だが、あそこまで暴虐だとはさすがに思わなかった」

「そう、なんですね。八尋さんでも、やっぱり鬼神楽様は強大なんですか」

「……いや、あの男はただ不気味なんだ。執着の塊だ。私でも手に負えん」

「どういうことです」

「……今はそれだけしかわからない」

八尋はそれだけ言うと、さっさと部屋から出て行ってしまった。

「手に負えないのは、あなたもじゃないですか……」

八尋はいつも突然だ。突然現れて、意味深なことを言って、消えてしまう。

閉じられた扉を見つめながら、私はこてんとベッドへ横たわる。

ほのかに、八尋の残り香が香っている。……薔薇《ばら》の匂いだ。

このまま目を閉じれば眠ってしまいそうな、優しくて香《かぐわ》しい匂い……。

と、瞼《まぶた》を閉じかけた私を叩き起こすように、部屋の電話が突如鳴り響いた。

まさか、と思いながら受話器を取ると、

『……フロントに鬼神楽が来てるんだ。芽衣を出せってさ。……来られる？』

受話器の向こうから怯《おび》えた十四狼の声が聞こえてきて、がっくりと項垂《うなだ》れたのだった。

2

「部屋を替えろ」

「……どういうことでしょう」

慌てて制服に着替えてフロントへ行くと、そこには鬼神楽が不満げな顔で仁王立ちして待っていた。

「オレだけ部屋を移動する。すぐに手配しろ」

鬼神楽の部屋は、四人部屋だったはずだ。喧嘩《けんか》でもしたのだろうか、と思っていると、

「言っておくが、お前らの責任だからな。あんな部屋で眠れるわけがない」

確かに妖力が枯渇しているせいで、ちょっと部屋はボロいし、ベッドの寝心地も良いと

は言い切れないかもしれないが、それはどこの部屋も一緒である。

しかし私がそう説明をすると、鬼神楽は苛々《いらいら》したようにドン、とカウンターを拳《こぶし》で叩いた。

「ちげえよ。部屋が寒すぎって言ってんだ！」

「……部屋の温度が、ですか？」

「ああ、なんとかしろ」

それは妖《あやかし》は元々体が冷たいため、館内や室内の空調も低く設定しているためだ。

「そ、それでしたら、部屋の空調機で温度の変更が可能ですが」

だが、その言葉でさらに鬼神楽の目尻《めじり》がつり上がった。あ、まずい、と思ったのと同時に、

「他の奴らも寝てるんだ！　だから温度を下げられねえって言ってんだよ！」

フロント中に響き渡る怒号。ビリビリとした妖気《ようき》が発せられて、絶句してしまった。

「なんてわがままな……」

隣で呆《あき》れたように十四狼が呟《つぶや》いたが、鬼神楽がひと睨《にら》みすると、すいっと視線をそらした。

理不尽すぎる要求に辟易《へきえき》としながらも、私は拳を握ってじっとこらえる。

これもひとえに、霧雨ホテル復興のためだ。我慢よ、芽衣。

「かしこまりました」

私は部屋割り表に視線を落とす。たしか一室だけ空いている部屋があったはずだ。この間蘇《よみがえ》ったばかりの部屋で二一〇号室である。

この部屋はホテルの中でも一番室料が安い部屋で、窓がなくて味気ない上に、間取り自体も非常に狭い部屋であった。案内したらまた文句を言われそうだが、ここは納得してもらうしかない。

宿泊帳に、『鬼神楽様／部屋替え（三〇一号室から二一〇号室）』と宿泊帳に記載すると、

「それでは、お部屋にご案内致します」

私は引き攣《つ》る頬をできるだけあげながら、今できる最大の笑みを浮かべたのだった。

＊＊＊

翌朝、部屋替えのことを出勤してきた氷雨に報告すると、彼はぴきぴきと血管を浮き上がらせた。

「本当に何様のつもりよ。鬼神楽一派だかなんだか知らないけど、ちょっと調子乗りすぎなのよ」

「これで満足してくれるといいんですけど……」

「満足したなんて言うはずないでしょ。アンタ、アイツにまんまと騙《だま》されてるのよ」

「……そうかもしれません」

「きっとまた、妙ないちゃもんつける電話よこすわよ」

リリリリリ……。

カウンター内の黒電話がタイミングよく鳴り響き、私たちは顔を見合わせる。

渋々受話器を取ってみると、

『オレだ。お前に用がある。すぐ部屋に来い』

相手は名乗りもせず、(名乗らなくても分かるが)つっけんどんに言い放つと、激しく電話を切った。

「……行ってきますね、氷雨さん」

「……もういい加減殴っていいと思うわよ」

氷雨に同情されつつ、私は重たい足を引きずって二一〇号室へ向かった。締め切られた扉を叩《たた》くと、

「鍵《かぎ》はあいてる。入ってこい」

部屋の中から促されて、恐る恐る部屋へと踏みいる。しかし同時にベッドへ横たわる鬼神楽の姿が目に入って、思わず息を吞《の》んだ。

鬼神楽の上半身に巻かれていた包帯はすべて解かれ、彼の素肌が露《あら》わになっている。そ

の肌は赤く爛《ただ》れ、目をそらしたくなるほど痛々しい痣《あざ》が背中から腕、顔へ向かって広範囲に広がっていた。

「相変わらず、化物を見るような目をするな」

鬼神楽は私の反応をみてにやっと口元を歪《ゆが》めて笑った。その傍らで、小峰が解かれた包帯を丁寧に巻き直していた。

「お怪我、されてるんですか？」

「怪我っつーよりは、呪いみたいなもんだよ」

……呪い？

小峰はベッド脇に置いてある壷《つぼ》から薬のようなものをハケに取ると、それを丁寧に鬼神楽の背中へと塗りつけていった。私が不思議そうな目をしていたのか、

「これはお薬です。これを塗らないと、頭は体の痣に妖気が沁《し》みて歩けなくなってしまうんです」

「余計なことを言うな、小峰」

妖気が沁みる……？　妖なのに？

「頭、あんまり無茶しないでください。痣の範囲が広くなってます」

「ふん。この程度でオレが倒れるかよ。あいつらに弱みを見せてたまるか」

「あいつらとは、誰のことです？」

思わず問うと、鬼神楽は鼻を鳴らして、

「部下たちに決まってんだろ。あいつらはオレなんか死ねばいいと思ってるやつらばかりだからな」

「頭。またそんなことを」

「どうせお前らもそう思ってるんだろう？　オレの妖力にびびって、誰も彼も、オレを腫《は》れもの扱いしやがるからな」

鬼神楽は自嘲《じちょう》的に笑う。どう返答をしたらいいか分からなかった。

しばしの沈黙のあと、私は本来の目的を思い出し、

「あの、それで……。何かご用だったんですか？」

「ああ、そうだった。お前、このホテルで働いてどれくらいだ？」

「……え？　ま、まだ一ヶ月ほどです」

「……はあ？　んだよ。使えねえな」

「ええっと、それが一体……？」

「このホテル、こんなだったか？　どうにも、昔泊まった時とは印象が違うような気がするんだが」

「鬼神楽様は、霧雨ホテルに泊まったことがあるのですか？」

「ああ。……まあ、多分、あるんじゃねえかと思う」

「多分？」

「鬼神楽様は、記憶があまりないのです」

「あまり、じゃねえ。殆《ほとん》どねえんだ。気がついたら、オレはもう、オレだったからな」

鬼神楽は言いながら痛々しい体の痣を手で撫《な》でた。

「たとえどんなに妖力を持ち合わせても、自分の過去のことは一切わからねえなんて、皮肉だよな」

「でも、記憶はないのに、このホテルのことは覚えていてくださったんですか？」

「そういうことだ。ここに来れば、なにか思い出せると思ったんだが……。オレとしたことが失敗したようだな。こんなクソみてえなホテルに、一週間も滞在することにするなんてな」

「頭、言葉が過ぎます」

「オレは嘘がつけないタチなんだよ」

たしかに、このホテルはかつての霧雨ホテルと比べれば、随分質は落ちるだろう。

しかし、さすがにここまで言われると胸が痛む。

ホテルの設備だけの問題ではない。

今の私では彼をどうすれば満足させられるのかが、正直に言って見当がつかない。

……やはり、私ではお祖母《ばあ》ちゃんの足元にも及ばないのだろうか。

「用事はそんだけだ。もう帰っていいぞ」

鬼神楽は不機嫌そうに顔を背ける。私は苦い感情を押し殺したまま、そっと部屋を出るのだった。

3

「いつまで暗い顔してるの」

「ひゃっ」

夕方。氷雨と一緒にフロントに立っていたものの、私はどうにも朝の鬼神楽の言葉が忘れられず、ため息ばかりこぼしていた。

そんな私を見かねて、氷雨は私の頭をぺしりとはたいた。

「ホテルマンがそんな顔でフロントに立っていいのかしら？　アンタが口を酸っぱくして言ってたことでしょ」

「す、すいません。ぼうっとしちゃって」

「せっかくため息つくなら、恋のため息にしてちょうだい」

彼も疲れているだろうに、余計な気を遣わせてしまっている。

「そういえば氷雨さんは、お祖母ちゃんと会ったことあるんですか？」

「ん？　いいえ、ないわよ。アタシたちが八尋を訪ねてきたのは、八尋がもう一人でホテルを経営していた時だもの」

「っていうことは、最初は八尋さんが一人で経営してたんですか？」

「ええ。だから八尋のおもてなし人数がずば抜けてるのもそのせいよ」

「そうなんですか。……八尋さんは、どうしてホテルを経営しようと思ったんでしょうね」

八尋の口からは絶対に聞けないであろうから、少々卑怯《ひきょう》とは思いつつ氷雨へ探りを入れてみる。

「それだけ美空《みそら》が好きだったんじゃない？」

「え？」

「ま、八尋は何も話してくんないから、憶測だけどね」

……。八尋さんと、お祖母ちゃんが……。

考えたこともなかった。

でも確かに今までの八尋の言動を思い返せば、ありえないことではない。

『──美空らしいな』

八尋が私を妻にすると言い出したのは……お祖母ちゃんと私を重ねているから？

いや、だったらなんだというのだろう。私はもともと八尋と無理やり結婚したのだ。どうせ離縁するつもりなのだから、理由なんてどうでもいい。そのはずだ。

と、その時だった。

「うわぁあああああ！」

突然の悲鳴と激しい物音と共に、鬼神楽の部下である妖《あやかし》が凄《すさ》まじい勢いで大階段から転げ落ちてきた。

「な、なにっ？」

私と氷雨はフロントから飛び出して、音がした方へと駆け寄った。ラウンジや部屋にいた妖たちも、何事かと一斉に集まってくる。

そこにはネズミのような細長い尻尾《しっぽ》を生やした妖が、床に体を丸めるようにして呻《うめ》いていた。

その姿を、二階から鬼神楽が冷ややかに見下ろしている。

「てめえ、オレに逆らうのか？　下等な妖の分際でよ」

「……そんな、とんでもねえ……」

妖は息を切らしながらも、ゆっくりと起き上がる。

「許してください、頭。おれが余計なことを言いました」

「……今度オレに意見したら、こんなもんじゃすまねえからな」

鬼神楽は吐き捨てるように言うと、するりと身を翻して奥に消えていってしまった。妖たちは、突き落とされたこの妖を不憫《ふびん》そうに見下ろしていたが、鬼神楽に目をつけられたくないのか、皆遠巻きに見つめているだけで近づいてこようとはしない。

私たちは目を伏せてうなだれる妖に近寄り、その体に手をかける。

「お客様、お怪我はされていませんか」

「何？　喧嘩《けんか》でもしたの？」

「喧嘩なんかじゃない……」

「……一体どうされたんです？」

「もう限界だ。頭はもう〝飲まれてる〟んだ……」

氷雨は妖の呟《つぶや》きを聞くと、ぴくりと眉根《まゆね》を寄せた。

「話は奥で聞きましょ。ここじゃ目立ちすぎるわ。運ぶわよ」

「は、はい」

妖の手を肩に回して、二人がかりでスタッフルームへと運び込む。事情を知らない従業員たちが、足を引きずる彼を見て目を丸くしていた。ソファに寝かせて、とりあえず激しく打ったと思われるところに氷雨が妖力を注ぎ込んでいく。

ようやく落ち着きを取り戻した妖は、氷雨と私に礼を言うと、横になったまま経緯を説明してくれた。

「最近、頭はどんどん凶暴になっているんだ」

「……昔はああじゃなかったの？」

「もともと荒くれものではあったが、もっと心の優しい人だった」

「……」

「頭は、恐らく自分の力を恐れているんだ。あまりにも強大な力を、自分でも持て余しているせいで」

「……なるほど、〝飲まれてる〟のね」

氷雨は口元に指を当てながら、相槌《あいづち》を打った。

「妖でありながら、妖が好むものは受け入れられない体。自分の記憶すら曖昧《あいまい》な上、本当の名前すらわからない。……頭は長い年月をかけて、壊れていったんだ」

妖は悲しげに目を細める。

「最近じゃ、おれらのことも憎むようになってきて、なにか気に入らないことがあれば、さっきのように周りに当たり散らす始末さ」

『あいつらに弱みを見せてたまるか』

『あいつらはオレなんか死ねばいいと思ってるやつらばかりだからな』

『誰も彼も、オレを腫れもの扱いしやがるからな』

鬼神楽の言葉が脳裏に蘇《よみがえ》る。自分のことが恐ろしいから、周りもそうだと思い込み、どんどん疑心暗鬼になっているのかもしれない。

だが、彼が負の感情を抱けば抱くほど、体の痣《あざ》は呪いのように広がり、彼をさらに醜悪な化物へと変えていく。

「このまま放っておいたら、あの男、自我を失うんじゃないの？」

「……おれたちも、なんとか頭を救おうとしたんだ。でも、もうおれたちも限界だ。頭には、みんなついていけない……。今度こそ、変わってくれるかもと期待していたのに」

「……え？」

「ここに泊まりたいと言い出したのは頭なんだ。珍しく、『昔、世話になったような気がする』と、過去を懐かしんでた。おれらも、ここにくれば頭が変わってくれるかと思ってたが……」

妖は苦しそうに顔を歪《ゆが》めると、まるで絞り出すように、

「……無駄だったみたいだ」

＊＊＊

私はフロントでホテルの業務をこなしながら、スタッフルームに所蔵されている祖母の時代の霧雨ホテルの宿泊帳を調べていった。まだ半分ほどしか確認できていないが、過去をさかのぼっても、「鬼神楽冬弥」という客が泊まりに来たという記録は残っていない。

本名すら覚えていない、と部下が言っていたように、もしも「鬼神楽冬弥」という名前が偽名なのだとしたら、ほとんどお手上げ状態である。

それにこのホテルに所蔵されている宿泊帳の記録はせいぜい十年分ほどしか残っていない。もしかしたら残りは祖母の家に置いてあるかもしれないが、膨大な記録にすべて目を通すことは不可能だろう。

あとは祖母の手記を頼るしかないが、いつ泊まったか、本名すらも分からない彼の過去を見つけることが、果たしてできるだろうか。

鬼神楽のことを観察して、自分で彼をもてなす術《すべ》を考えるべきだが、今の私ではどうもてなしたらいいのか、情けないほど見当がつかない。

過去を知りたいという鬼神楽の力になれないことが、とても悔しかった。

静まり返った夜のロビーで、ただ私が徒《いたずら》に宿泊帳のページを捲《めく》る音だけが響いている。

客の妖力を注ぎ込んでいないせいか、徐々に館内はまた蝕《むしば》まれ、せっかくみんなで修繕した床や壁に再び亀裂が入り、ミシミシと音を立て始めていた。

このまま、崩れてしまうのだろうか……。

と、不意にギシッと大階段が軋《きし》み、私ははっとして顔をあげた。

「くそっ、どこもかしこも寒いな」

降りてきたのは、やや厚着をした鬼神楽であった。彼はフロントに立つ私をみとめると、

「あ、なんだ。いたのか人間」

「こんばんは。何か飲まれます？」

「いい。どうせ不味《まず》いだろ」

「……普段は何を食べていらっしゃるんですか」

「不味いもんばっかりだ。何もかも、オレの舌には合わねえからな」

鬼神楽は鼻で笑いながら、さも言い捨てるように、

「腹が減れば自分の妖力で補ってるよ。味はしねえけど、よっぽどマシだ」

「……そうですか」

だが、それは余計に自分の体を蝕むのではないか。

鬼神楽はどっかりとラウンジのソファに腰をかけた。私も宿泊帳を閉じて、彼へと近寄っていく。

鬼神楽はソファに座りながらも、なにが気に入らないのか苛々《いらいら》と貧乏ゆすりをしていたが、ふっと窓の外に広がる庭を見て、動きを止めた。

「……ふうん。庭だけは綺麗《きれい》だな」

「ありがとうございます。まだ手入れが行き届いていませんが、自慢の庭なんです」

「……なんとなく、懐かしい気がする。オレが来たときは、リンドウが咲いていたような覚えがある」

鬼神楽の口調が、少しだけ穏やかになった。

「このホテルにいるとな、体がむずむずするんだ。痒《かゆ》いところに手が届かねえと、いらつくだろ？　あんな感じだ」

「……やはり記憶がないのですか」

「ああ。ねーよ。自分が誰かも分かんねえし。いつからこんな姿でいるのか、本当の名前がなんなのか。どこで生まれたのか、全然わかんねえ」

「でも、このホテルのことは覚えていてくれたのですね」

「……ホテルというよりは、女かな」

鬼神楽は庭から目を離さない。

「だけど、あの女はどこに行っても見当たらねえし、やっぱりもう死んだんだろうな」

「その女というのは……」

「ああ。ここで一番偉いと言っていた」

「……偉い？　……ああ、えっと、それは恐らく私のお祖母《ばあ》ちゃんじゃないかと……」

「なんだ、あいつはお前のババアだったのか。生きてんのか」

「……少し前に、亡くなりました」

そこで鬼神楽の口元がぴたりと締まった。そして、一瞬視線が宙を泳いだかと思うと、自分の顔に手を当てて、ゆっくりと息を吐く。

「……はっ。まあ、そうだよな。オレは化物だもんな。人間の方が先に逝くわな」

「……」

「……そうだよなあ……死んだよなあ。……もう二度と会えねえのか……」

囁《ささや》くような彼の声が、後半につれてまるで別人のように低く、獣のような唸《うな》り声のように聞こえて、私は思わずごくりと喉《のど》を鳴らした。

しかし、鬼神楽はそんな自分の変化に気づいた様子はなく、暫くして立ち上がると、

「気分が悪い。部屋に戻る」

ただその一言を発しただけだというのに、彼から発せられる妖力の禍々《まがまが》しさに、ぞくりと鳥肌が立った。まさかとは思うが。また〝飲まれた〟のだろうか。

私は階段を上っていく鬼神楽の後ろ姿を、ただじっと見守っていた。

4

私の予感は的中してしまった。それは、翌日の夕方。ダイニングでいつものように食事

をしている時であった。些細《ささい》な事で鬼神楽の機嫌を損ねた妖を、彼が激しくなじったことがきっかけである。

それを間近で見ていた部下の一人が、ついに爆発したように声を荒らげた。

「いい加減にしてくれ。もうアンタのご機嫌取りには疲れた！」

「ああ？　なんだと。誰に口を利いてるかわかってんのか！」

「ああ、分かってる。自分の過去にビクビクと怯《おび》える、器のちいせえ小鬼だろ」

「なんだと？　今の言葉は聞き捨てならねえぞ！」

鬼神楽はテーブルを思い切り叩《たた》くと、部下の胸ぐらを摑《つか》み上げた。

しかし今までなら怯えて許しを乞《こ》おうとする妖たちは、冷めた目で鬼神楽を見つめるばかりだ。

「なんだ、その目は。オレを馬鹿にしてんのか」

「頭。俺たちじゃ、アンタを救えねえよ」

「……なに？」

「アンタのせいで、俺たちはもうボロボロだ。俺たちがついていきたいのは、今のアンタじゃねえ」

「……何を言ってる。オレはオレだ」

「いいや。アンタは変わってしまった」

そこで鬼神楽は苛立ったように舌打ちをしながら、部下を激しく突き飛ばした。

「オレに逆らうんじゃねえよ、下等なくせに。オレの力の前に、なんもできねえくせに」

「それは……頭。アンタのことだろ」

部下の言葉に鬼神楽は目を見張る。それをみて、百鬼たちは次々と腰をあげていった。

「お、おい。てめえらどこにいく」

「このホテルに用があったのはアンタだ。俺たちじゃない」

「オレを裏切るのか」

「自分にビビってるような弱い奴に、ついていきたいと思う奴なんざいねえよ」

冷え冷えとした百の視線。鬼神楽はまるで魂が抜けたように、すとん、と力なく椅子に座った。

「小峰……。お前、どう思う」

しかし傍らにいた小峰は何も言わないまま、しなやかな動きで椅子から立ち上がる。

それを、鬼神楽は絶望したように見上げた。

「なんだよ。まさか、てめえまで裏切るのか。そんなにオレは腫《は》れものかよ」

「頭。まだ気づかないんですか」

「何なんだよ、お前ら。オレに一体どうしろっていうんだよ！」

鬼神楽は小峰の肩を両手で摑むと激しく揺すった。一瞬だけ、小峰は初めて悲しそうに表情を歪める。

だが彼女の手が大きく振り上がったかと思うと、容赦なく鬼神楽の頬を激しく打った。

「……な」

「哀れな鬼に、成り下がりましたね」

小峰の声が広いダイニングルームへ響き渡った。

てっきり鬼神楽は猛然とがなり立てるのではないかと、私たち従業員は固唾《かたず》を飲んで見守っていたが、彼は小峰を力なく見つめ返すだけで、一言も発することはなかった。

それを見ていた妖たちは、失望のため息を漏らしながら、一斉にダイニングから出ていってしまう。

「待て、てめえら。どこに行く、おい！」

さすがに異変に気づいた鬼神楽がハッとしたように大声で呼び止めた。しかし彼らは誰ひとり振り向くことはない。

どかどかと足音を立て、それぞれの部屋から自分の荷物を持ってくると、私たちが引き止める言葉も無視して、あっという間にホテルから出ていってしまった。

最後に小峰だけが小さな鞄《かばん》を背負ったまま、ぺこりと小さな頭を下げ、開け放たれた玄関から出ていってしまった。

一瞬で部屋は空っぽになってしまった。そのせいか、心持ち冷え冷えとした館内は暗く、澱《よど》んだ空気がじわじわと滲《にじ》み出すように、廊下や部屋に満ちていった。

そんな中、私たちが恐る恐るダイニングルームに戻ると、そこには呆然《ぼうぜん》と座ったまま身《み》動《じろ》ぎもしない鬼神楽が一人、ぼんやりと虚空を見つめていた。

氷雨は扉に手をかけたまま、

「終わったわね。あの様子じゃ絶対に満足なんてしないだろうし」

「……氷雨さん」

「このホテルもついに営業終了か。呆気《あっけ》なかったわね」

そう言って鬼神楽には声をかけようともせず、そのまま従業員たちとスタッフルームに戻ってしまった。

だが私は鬼神楽をそのまま残してはいけず、おずおずと身を縮こまらせながらも近づいていった。すると、彼は相変わらず視線を動かさないまま、

「……哀れだと思うか」

低く、くたびれたような声で呟《つぶや》いた。

「小峰はオレを哀れだと言った。……そんな風に思っていたなんて知らなかった」

「……鬼神楽様」

「部下たちに言われて気がついた。オレは、オレ自身が恐ろしいんだ。でも恐れれば、余計にオレの体が醜くなる。その醜くなった体が、また恐ろしい……」

「……」

「このホテルにくれば、何か変わると思ったんだ。どうしてこうなってしまったのか、オレは何者なのか、手がかりが見つかると思ったんだ。だが、逆に何もかも失ってしまった」

「お役に立てず、申し訳ございません」

「……」

「あの、うちの祖母は……鬼神楽様にどんなことをしたんですか？」

「……それが思い出せれば苦労はしねぇ。ただあの女に会えば何かが変わるような気がしてたんだ。だが思い出せない。それ以上のことは、思い出したくない」

「……そう、ですか」

「……オレはまた一人になっちまった。……あの女に会いたかっただけなのになぁ」

熱に浮かされたように、鬼神楽は力なく呟く。

そうして席を立つと、覚束無い足取りで、ダイニングルームを出て行ってしまった。

＊＊＊

だが、その夜のことだ。私がラウンジの清掃をしていると、突然正面玄関の扉が開かれた。はっとして振り返ると、そこには薬壷《やっこ》を抱えた小峰が立っていた。

「小峰様。お戻りになられたんですか」

「いいえ。ただ、そろそろ頭の薬が切れる頃だろうと思いまして。これをお渡ししておいてください」

小峰は表情を変えないまま、淡々と感情のこもらない声で言った。

「鬼神楽様にお会いになっていったらいかがですか？」

「遠慮しておきます。どうせ無駄だと思いますし。では、これで」

私はすぐに立ち去ろうとする小峰を慌てて呼び止めた。

「あの、ちょっとお尋ねしてもいいでしょうか。鬼神楽様は、なぜああも自分の過去にこだわるんですか？」

「……」

「確かに、自分の過去がわからないのは不安だとは思います。けれど、私にはそれが少し異様に思えるんです。あまりにも固執しすぎというか……」

「……おそらく、なぜ自分が妖の世に馴染《なじ》めないのか。それがわからないから、余計に恐れているんだと思います」

「……え？　馴染めない？」

「はい。頭は、私たちと生活を共にすることができないんです。膨大な妖力を持ちながら、私たちとは少し違う異質な存在です。それがどうしてなのか、自分でも分からないから、恐いんだと思います」

『ちげえよ。部屋が寒すぎって言ってんだ！』

『不味《まず》いもんばっかりだ。何もかも、オレの舌には合わねえからな』

「小峰様も、鬼神楽様の過去をご存じではないんですね」

「私が初めて出会った鬼神楽様は、すでに記憶を失った鬼となっておりました」

「どうして小峰様は、そんな方のそばに……」

「放っておいたら自我を失った悪鬼になると思ったんです。あの子はとても弱いので」

意識していないのだろうが、小峰は鬼神楽を「あの子」と呼び、弱いという。さすが一番の従者としてそばにいるわけだ。こう見えてかなり大物なのかもしれない。

「では、私はこれで。頭のこと、宜《よろ》しくお願いします」

小峰は深々と頭を下げると、小動物が逃げ去るように素早く、軽やかな足取りで霧の中に消えていってしまった。

＊＊＊

私は薬壷を鬼神楽に渡してから、一階には戻らず、そのまま三階の八尋の部屋に赴いた。

「八尋さん、ちょっといいですか」

声をかけるとすぐに室内から物音がして、銀色の仮面がのぞいた。

「君が私を訪ねてくるなんて珍しいな」

八尋は嬉《うれ》しそうに私を部屋の中に招き入れようと、扉を大きく開いた。それをやんわりと断りながら、

「八尋さん。鬼神楽様のこと、なんでもいいからわかりませんか」

「……本当に今日は珍しいな。君が私を頼るなんて」

「鬼神楽様が、どうしてあんなに苦しんでいるのか手がかりが欲しいんです」

私は八尋の仮面を見上げた。穿《うが》たれた穴の奥で、緋色《ひいろ》の瞳《ひとみ》が揺らめく。

「さあ、確信ではないが、思い当たることはある」

「……なんですか？」

「あの男は鬼ではなく、強い執着心をもった人間じゃないかと思うんだ」

「えっ。人間？　どうして、人間が鬼に？」

「人は恨みや執着という醜い感情が絶頂を超えると、しばし鬼になることがあるのだ。様子をみていたが鬼神楽は相当何かに執着をしているようにみえた。だが、本人がそれを自覚していないからタチが悪い」

「執着ですか。鬼神楽様が〝飲まれている〟原因も、それでしょうか」

「おそらくな。その執着さえ解消できれば、あの男の気も晴れるだろう」

……鬼にまで堕《お》ちてしまうほどの執着とは、一体なんだろう。

「ありがとうございます。ちょっと考えてみます」

私は八尋に礼を言って、くるりと背を向けた。

「何をする気だ？」

「資料室に行って、お祖母ちゃんの手記を探します」

「……一人でか？」

「はい。そのつもりです」

「……私も手伝ってやろう。鬼神楽を招いたのは私だからな」

「あ、ありがとうございます」

私は八尋と連れ立って地下へと降りていった。資料室に入り、溢《あふ》れかえる本の山をどかして、祖母の手記が並ぶ本棚の前に立った。

筆まめな祖母は、このホテルを開業した時から同じ手帳にほぼ毎日、業務日誌をつけていたのだ。ずらりと並んだ黒い背表紙には、それぞれ日付シールが几帳面《きちょうめん》に貼られていた。

「この中から探すのか。骨が折れる」

「いえ、恐らくかなり絞ることはできます」

私はまず一冊引き抜く。

「以前、鬼神楽様は庭を見て『リンドウが咲いていた』と言っていました。それは恐らく秋じゃないかと思うんです。それから、リンドウが植わっていたのは、お祖母《ばあ》ちゃんがハーブを育て始める前の頃です。ハーブを育て始めた時期は確か……」

「よくそんなことを知っているな」

「霧雨ホテルのことなら、なんでも知ってます」

「……私は君がただ単にこのホテルを好きなだけだと思っていたが、どうやら少し病的なんだな」

「ほ、放っておいてください」

私は本棚から条件に当てはまりそうな手帳を数冊引き抜くと、その一冊を八尋に手渡した。

「恐らくあそこまでこのホテルに拘《こだわ》る鬼神楽様のことですから、お祖母ちゃんはきっと彼のことを書き残してあると思います」

「……わかった」

八尋は私から手帳を受け取ると、ゆっくりとページを開いていった。続いて、私も時期がかぶりそうな手帳に手をつけていく。

だが、こうして祖母の字を目にすると、もう二度と祖母には会えないという現実が突きつけられているようで、寂しさがじわじわと胸へ湧き上がる。

八尋に悟られないようそっと指先で目尻《めじり》を擦《こす》ると、自分でも気づかないうちに涙が滲んでいたことに気づいた。

そうして、しばらく黙ったままでいると、

『それだけ美空が好きだったんじゃない？』

ぽっと湧いた様に、氷雨の言葉が頭の中をよぎった。

ちら、と傍らの八尋を見上げる。だが、淡々とページをめくる八尋は唇を引き締めたままで、そこからは何の感情も読み取ることができない。

祖母の字を、記憶を、思想を辿《たど》りながら、一体八尋は何を思うんだろう。

……あなたは、私がお祖母ちゃんに似ていたから結婚しようと言い出したの？

そんな疑問が、ふっと浮かび上がる。

だが、その言葉を口に出すことはどうしても出来なかった。

もしもそれを尋ねて、「そうだ」と肯定されたら、私は……。

「さっきから私のことを気にしているようだが、どうした？」

「えっ」

しまった。バレてたか……！　な、なにか話題！

「おっ、鬼になるって、どういう気分なんでしょうね！」

私は心の動揺を悟られまいとわざと気楽な口調で言った。

「は？」

「ほ、ほら。皆〝飲まれる〟って言っているじゃないですか。それって、どんな気分なのかなって」

少し唐突すぎただろうか、と内心ひやひやしていたが八尋は特に不審がるようなこともなく、僅《わず》かに首を捻《ひね》ると、

「虚《むな》しいだろうな」

と呟《つぶや》いた。

「鬼の気持ちはわからないが、自分の体を醜く歪《ゆが》ませているのは、裏返せば自分でいたくないという心だ。……奴は鬼でいたくないんじゃないか」

『オレは、オレ自身が恐ろしいんだ。でも恐れれば、余計にオレの体が醜くなる。その醜

くなった体が、また恐ろしい……』

八尋の言葉が、いつかの鬼神楽の声と重なって聞こえた。

……鬼でいたくない。

鬼神楽は、一体何に執着しているのだろうか。

私は黙って再び手記に目を落とす。

それから、どれくらいの時間が経っただろうか。黙々と手記に目を落としていた八尋が、

「鬼神楽って、この男のことじゃないか？」

そう言って、手記の一文を指で指し示した。

そこに並ぶ祖母の字は、当時の様子をまざまざと蘇《よみがえ》らせた。

手記を読み終えた時、私と八尋は静かな資料室の中で頷《うなず》きあった。

そうして、どちらからともなく資料室を出ると、連れ立ってダイニングルームへと足を向ける。

うら寂しいホールを突き進むと、登喜彦が夜遅くまで朝食の下ごしらえをしているため、厨房《ちゅうぼう》からは具材を切る軽快な音が響いていた。

私はこんこんと控えめに厨房の扉を叩《たた》く。

すると、ぴたりと手を止めた登喜彦が、こちらへ近づいてくる靴音が聞こえてきた。

「すいません、登喜彦さん。ちょっとお願いがあるんですが」

囁《ささや》くように言うと、彼の足音が扉の向こうで止まり、ややあって小窓が音を立てて開いたのだった。

5

「オレはもうチェックアウトする」

鬼神楽は朝早くフロントにやってくると、相変わらず横柄な態度を崩さないまま、つっけんどんに言い放った。

カウンターには私と八尋が立っていたが、鬼神楽は八尋には目もくれない。私は宿泊帳を開きながら、

「……ここを出て、どこに行くんです？」

「んなこと、お前に関係ないだろう」

鬼神楽は苛立《いらだ》ちからか、語尾が荒く早口になっていた。

「今回のことでよくわかった。どうせオレはどこに行っても嫌われものなんだ。だったら、もう好き勝手してやる。鬼は鬼らしく、暴れてやるよ」

鬼神楽はまるで吐き捨てるように言うと、自分の頬を忌々しげに撫《な》でる。それは、いつ

か小峰が打った場所だった。

「一人で、行かれるんですか」

「ああ、そうだよ」

「では、これをお持ちになってください」

私はカウンターの下から、手ぬぐいで包んだ長方形の箱を鬼神楽へと差し出した。

「あ？　なんだこれ」

「私が作ったお弁当です」

鬼神楽は面食らったように、目を瞬く。しかしすぐに真顔に戻ると、眉根《まゆね》に深い皺《しわ》を寄せ、不機嫌を露《あら》わにしながら、

「いるかよ。どうせ不味《まず》い飯だろ」

「人間の私が作ったものですから、お口には合うと思います」

「……どういう意味だ」

「そのままの意味です。東家光國《とうやみつくに》様。それが、人間の頃のお名前ですね？」

鬼神楽は不意打ちに遭ったように、私の顔を凝視した。

そしてすぐに言葉の意味を理解したのか、小さく「……あっ」という裏返った声が喉《のど》の奥から漏れた。

「いや、何言ってる……オレは鬼神楽で……」

「これに見覚えはありませんか」

言いながら、手ぬぐいを解き、弁当箱の蓋を開けてみせた。

彼のために作ったものは、祖母が昔、鬼神楽に振る舞ったものと全く同じ具だ。

白米を握っただけのシンプルなおむすびが三つと、だし巻き卵、それからきゅうりの漬物のみである。

鬼神楽は、はっとしたように息を呑《の》み、瞳《ひとみ》を揺らめかせた。激しく動揺しているのだ。

と、今まで成り行きを黙って見守っていた八尋が、

「美空の手記に全て書いてあった。貴様がどうして鬼になったのかも、な」

「……鬼に、なった？　……オレは鬼に、なったのか？」

「……ああ。お前は人間だったが、自ら鬼に堕ちたんだ」

みるみるうちに、鬼神楽の目が大きく見開かれていく。

そして顔を両手で覆うと、ああ……と、力なく呻《うめ》いた。


——祖母の手記には、東家の記憶が記されていた。


『九月二十一日　東家光國という男性客が一人でチェックインをしてきた。

飯はいらないから安くしろと横暴なことを言う。

あまり感じのいいお客様ではないが、その様子に見ていられず泊めることにした。

胃が痛いというので、リンドウを煎《せん》じた薬湯を与えた』

『九月二十二日　従業員が東家の様子に怖がって近づこうとはしない。

東家はそんな自分のことを「鬼」だと自称する。

私が否定するも、「人」にはもう戻れない、とこぼしていた。

貧しい家に育った東家は、生きていくために、悪事に手を染めたそうだ。

人間であるのに「人になりたい」という東家に、私はなんて声をかければいいのか分からない。

いつもダイニングに、一人薬湯を飲みにくる。

それ以外に、彼が食事を摂っているところは見たことがなかった。

何もかも不味く感じてしまうのだと言う。なにか……してやれないだろうか』

『九月二十三日　東家が暗い顔でチェックアウトすると言ってきた。

もしやり直したいなら、うちで働いてはどうかと提案した。

だが、自分がここにいては迷惑がかかると言って断られてしまった。

それならばせめてと朝食で余ったご飯を握って、おむすびを手渡した。

またこのホテルで待っていると声をかけたら、初めて彼は笑ってくれた。

……鬼になんか、ならないで欲しい』

祖母の手記には、鬼神楽に渡した弁当の中身についてのメモが続いているが、その後鬼神楽の名前がでてくることはなかった。

──たった三日間の滞在。

しかし鬼神楽にとっては、何物にも代え難い日々であったのだろう。


「……ああ。そうか。……そうだった」

鬼神楽は短い吐息をついた。

「折原《おりはら》美空だ。無一文のオレに、弁当を持たせてくれたんだ。唯一オレを人間として扱って、空腹でも倒れないようにと労《いたわ》ってくれた女だ……」

「お祖母ちゃんのお弁当はお食べになったんですか？」

鬼神楽はふるりと首を振った。

「いや……。業を重ねすぎていたオレは、あの夜美空と別れてすぐに鬼に堕《お》ちたんだ。……弁当は気がついたら取り落として、泥の中にぶちまけてた」

「……」

「……それから随分時間が経って。……いつしか鬼神楽と呼ばれる度に、オレは自分の名前を忘れていった。日に日に化物になっていく自分が恐ろしくて堪《たま》らなかったが、もうオレは人間には戻れなかったんだ」

おそらく彼すらも気づかない執着というのは、祖母の弁当だったのではないかと思う。鬼神楽の中で唯一残っていた人間としての感情が、彼をこのホテルに導いたんだろう。

「はっ。……だが、お前は、どうしてオレに弁当を作ったんだ？　美空と同じことをして、オレのご機嫌でも取ろうって魂胆か」

鬼神楽は自嘲《じちょう》に頬を歪める。

「……いいえ。私は鬼神楽様に、これ以上鬼になって欲しくなかったんです」

「……は？」

「……人間の時に食べた味を思い出して頂きたかったんです。美味《おい》しいご飯を、もう一度味わってほしかったんです」

「……。お前は、こんなオレをまだ人間だというのか」

「鬼神楽様は、ずっと人間です」

鬼神楽は目を見張る。

そうして、ほんの少し躊躇《ためら》いつつも、彼は私から弁当箱を受け取ってくれた。

だが、すぐに蓋《ふた》を閉じようとはせず、ひとしきりこみ上げる何かを嚙《か》み締めるように、鬼神楽は下唇を強く噛んで、ただじっと見下ろしていた。

「……まさか、ここに来て人間扱いされるなんて思わなかった」

「……」

「…………。……ありがとう」

それは初めて鬼神楽が口にした礼の言葉であった。

同時に、鬼神楽の体を取り巻いていた禍々《まがまが》しい妖力が、ほんの僅《わず》かではあったが、ゆるやかに弱まったのを、はっきりと肌で感じることができた。

……彼が自分のことを受け入れれば、いつか自分を許せる日がくるかもしれない。

「じゃあ、ここにサインをもらおうか」

「ああ……」

鬼神楽は八尋に促されると、素直に宿泊帳へ筆を滑らせた。

【チェックアウト　サイン／東家光國】

彼の書いた文字は、書き慣れていない風の不格好な形である。

しかし、どこか堂々とした信念のようなものが垣間《かいま》見られたのだった。

彼が名前を書き終わると、私の小指に絡んでいた契約の青い糸が、ゆっくりと解かれていった。

直後、宿泊帳が膨大な妖力を帯びたのか、手を触れていられないほど熱をもち、思わず取り落としてしまった。さすが鬼神楽の妖力。桁外《けたはず》れである。

指先でつまむようにして宿泊帳を拾い上げると、鬼神楽は満足そうに笑った。そして、

「ここをクソホテルっていったことは取り消してやる。そこそこ楽しめたよ」

鬼神楽は照れ隠しなのか、軽口を叩《たた》きながら手ぬぐいで包まれた弁当をひょいと持ち上げると、私たちに背を向けた。

「是非またお越しください。道中には、どうかお気をつけて」

「ふん。ま、せいぜいオレが一人旅してる間に潰《つぶ》すんじゃねえぞ」

「もっと立派なホテルにして、お待ちしてます」

「言うな。折原美空にそっくりだ」

そう言って屈託なく笑う鬼神楽の横顔は、鬼ではない、不器用な一人の人間の男に見えた。

私は見送りのために玄関まで付き添い、扉の冷たいノブに手をかけた。しかし私が手首を捻《ひね》るまえに、ノブが半回転したかと思うと、

「アタマは冷えましたか、頭」

ひょこっと扉の隙間から見覚えのある小さな顔がこちらを覗《のぞ》き込んだ。

「なっ。小峰……。お前、なんでここに？」

「頭を迎えに来たに決まってるでしょう。小峰は頭の従者なんですから」

小峰はさも当然といった口調で、上目遣いに鬼神楽を見る。

「……お前、オレを見限ったんじゃないのかよ」

「誰がそんなことを言ったんです。勝手にクビにされては心外です」

小峰のセリフに鬼神楽は一瞬きょとんとしていたが、すぐにそれが笑い声に変わった。

「下等な妖《あやかし》のくせに、大きな口叩くんじゃねえよ」

「頭、それよりちゃんと反省しましたか？　聞いてます？　頭ったら」

「うるせえ。オレのことは東家と呼べ。また名前を忘れちまいそうだ」

「ん？　頭、それはなんですか？　いい匂いがしますね」

「おい、お前にはやらんぞ」

二人は言い争いながらも、仲睦《なかむつ》まじそうにやがて深い霧の中へと消えていった。

ややあって、どこか遠くの方から聞き覚えのある大勢の妖の声と、それを一喝する鬼神楽の怒号が轟《とどろ》く。

私は、それがなんとも微笑ましく感じるのであった。

終章

「まさか、あの鬼神楽《おにかぐら》が妖力を渡してくれるとはねえ」

氷雨《ひさめ》は鬼神楽のおかげですっかり小綺麗《こぎれい》になった館内をしげしげと見回した。

「さすが鬼神楽のお客様だなあ……。ホテルが崩れなくて良かったな、芽衣《めい》！」

「皆が手伝ってくれたおかげよ」

私は足元で柔らかな尻尾《しっぽ》を振る十四狼《とおしろう》の頭を撫《な》でる。

だが、氷雨はカウンターに戻ると、頬杖《ほおづえ》をついて宿泊票をひらひらと振った。

「まあ、喜んでるところ悪いけど、今日も厄介なお客様が午後からチェックインされるわよ」

「またかよ、氷雨の兄貴」

今まで尻尾を抜けるほど振っていた十四狼は、わかりやすいほど素直に尻尾を垂れた。

「あ、あと月末だからアタシたちの給料とか、その他もろもろ精算したいの。それの決済書とか判子、八尋《やひろ》から一式もらってきて」

「……そうだった。氷雨さん、経理担当でしたね」

「これでも、アタシのチェックは厳しいからね」

氷雨に言われて、私は八尋の部屋へと向かった。コンコン、と控えめにノックしながら、

「八尋さん。氷雨さんから伝言があって……」

「入ってきなさい」

中から八尋の声がして、そろりと扉を開く。

八尋は部屋に置かれた机に向かい、何やら忙しそうに書類へペンを走らせていた。

私は近くの椅子を引き寄せてテーブルの傍らに据えると、そこに浅く腰をかけた。

「……お仕事ですか？」

「まあ、そんなところだ」

「……最近よくお仕事をするんですね」

「妻にばかり働かせるのは、夫としてどうかと思うからな」

「ほどほどでいいですよ。激務は身体によくないですし」

八尋が本腰を入れて働き始めたら、支配人の権利が遠ざかってしまう。あくまで冗談交じりでそう言ったが、八尋は私の心の中などお見通しだと言わんばかりに、

「油断すると、君はあっさり百人もてなしてしまいそうだからな。そうはさせない」

「……うっ」

恨めしげに睨《にら》みつけると、八尋は少しだけ口元を緩めて微笑んだ。

「このホテルは私のものだからな」

「……。……あの、それについて一つ訊《き》きたいことがあったんですが」

「なんだ？」

「……八尋さんは、この霧雨《きりさめ》ホテルを守ろうとしてくれてるんですか？」

八尋の手が、ぴたりと止まった。

「……ずっと考えていたんです。もしかして、八尋さんが妖力をお金の代わりとして、この洋館を維持するという仕組みにしたのは……。本当は妖力を使って建物を朽ちさせないようにするためだったんじゃないかって」

「ほう。面白いことを考えたな。どうして私がわざわざそんなことをしたと？」

「八尋さんが、お祖母ちゃんのことが好きだったから……とか」

思い切って言い放つと、八尋はゆっくりとした動作で顔をあげた。仮面越しに私を見つめるその目が、すうっと細められる。

「唐突だな」

本当は氷雨の言葉と、この部屋に貼られた写真、そして八尋の今までの言動から薄々感じていたことだ。けれど、いちいち気にしていたとは思われたくなくて、そのままきゅっと唇を引き締めた。

「君はどうしてそんなことを気にするんだ？　今まで私の素性以外のことは無関心だったじゃないか」

「え？　……そ、それは」

だからなんで質問に質問で返すんだ、この男は。

「ようやく私に惚《ほ》れたのか？　だから気になったんだろう？」

八尋の言葉に、かあっと耳まで赤くなるのを感じる。違う、断じて違う。

「……真面目に聞いた私が馬鹿でした」

八尋の姿が正視できず、私は俯《うつむ》いて膝《ひざ》の上でもじもじと自分の指を絡ませた。

はぐらかされてしまった。

でも、八尋は私の言葉を結果的に否定していない。

たったそれだけの事実が、胸の深いところへ沈んでいくようだ。

……どうしてこんな気持ちになるんだろう。

居た堪れなくなって目を伏せていると、おもむろに八尋の手が私の顎《あご》の下へと伸びてきて、そのままそっと持ち上げられた。

「そうやって一人で拗《す》ねるところは、美空《みそら》とは違うな」

「……またお祖母ちゃんと比べるんですか」

至近距離の仮面をじっと見据えたままそう言うと、八尋は少しだけ困ったように微苦笑を浮かべた。

「私は君となら結婚してもいいと、最初に言っただろう」

「覚えてますよ」

「私は芽衣だから、誓いを立てたんだ」

「……」

「薬指の契約を、忘れないでくれ」

八尋はそのまま手袋越しに私の左手を取った。

そうして自分の唇辺りまで近づけると、私の手の甲へ慈しむような口づけを落とした。

……橙色《だいだいいろ》の照明に照らされ、鈍く煌《きら》めく銀色の仮面。

穿《うが》たれた穴の奥底から、燃え盛るような赤い瞳《ひとみ》が、私を真っ直ぐ捉《とら》えて離さない。

――私はまだまだこの素性が知れぬ銀の仮面に翻弄《ほんろう》されそうだ。

この霧雨ホテルの支配人になる、その時まで。

あとがき

お初にお目にかかります方は、初めまして。前作に引き続き、著書を手を取ってくださった方はお久しぶりです。またこうしてお会いできて光栄です。

今回ホテルを題材に選んだ理由としては、自分は昔から廃墟《はいきょ》同然の幽霊ホテルというものになんとなく心惹《こころひ》かれるものがあったからでした。

そんなふわっとした構想から始まったお話でしたが、気づけばこうして無事あとがきまで辿《たど》りつくことができました。

これもひとえに前作に引き続き、いつも相談に乗って下さる担当編集様のおかげです。また出版に協力して下さった関係者の方々にも、心より感謝いたします。

そして最後となりましたが、ここまでお付き合いして下さった読者の皆様に、深く御礼を申し上げます。

再び皆様のお目にかかれることを願いつつ、筆を置きます。

二〇一六年　四月　木内 陽

富士見L文庫

霧雨《きりさめ》ホテルでおもてなし
～謎《なぞ》の支配人《しはいにん》に嫁《とつ》ぐことになりました。～

木内《きうち》 陽《よう》

平成28年５月20日　初版発行

発行者	三坂泰二
発　行	株式会社KADOKAWA　http://www.kadokawa.co.jp/
	〒102-8177　東京都千代田区富士見2-13-3
	電話　0570-002-301（カスタマーサポート・ナビダイヤル）
	受付時間 9:00～17:00（土日 祝日 年末年始を除く）
	03-3238-8641（編集部）
印刷所	暁印刷
製本所	ＢＢＣ
装丁者	西村弘美

定価はカバーに表示してあります。

落丁・乱丁本は、送料小社負担にて、お取り替えいたします。KADOKAWA読者係までご連絡ください。（古書店で購入したものについては、お取り替えできません）
電話 049-259-1100（9:00～17:00／土日、祝日、年末年始を除く）
〒 354-0041 埼玉県入間郡三芳町藤久保 550-1

ISBN 978-4-04-070908-6 C0193　